Klaudia Jeske
Erben ist menschlich

LEDA

Klaudia Jeske
Erben ist menschlich
Kriminalroman

Originalausgabe
1. Auflage 2011

ISBN 978-3-939689-52-2

Leda-Verlag, Kolonistenweg 24, D-26789 Leer
info@leda-verlag.de
www.leda-verlag.de

Lektorat: Maeve Carels
Titelillustration: Carsten Tiemeßen
Druck und Bindung: Bercker Graphischer Betrieb GmbH & Co. KG
Printed in Germany

KLAUDIA JESKE

ERBEN IST MENSCHLICH

KRIMINALROMAN

1. Tag, Mittwoch

1.

Mit angehaltenem Atem betrat Paula Adam die düstere Diele der Villa ihres Arbeitgebers. An die Duftkombination aus Kot, Urin, Kamillentee und altem Schweiß würde sie sich niemals gewöhnen können. Während Paula ihren kieselsteinfarbenen Übergangsmantel auszog, ließ sie die herbstliche Morgenluft durch die geöffnete Eingangtür ins Haus strömen.

»Huhu, Herr Poppinga, ich bin da!«

Es war fast halb acht. Höchste Zeit, den Tag mit dem Alten zu beginnen. Paula schloss die Haustür, durchschritt leicht hinkend die Eingangshalle, klopfte kurz an eine Eichenholztür und trat in das abgedunkelte Schlafzimmer von Rudolph Poppinga. Die Ausdünstungen hier waren besonders penetrant. »Einen wunderschönen guten Morgen, Herr Poppinga. Haben wir gut geschlafen?«, zwitscherte Paula. Der Alte im Bett grunzte eine Antwort, die niemanden in der Welt interessierte.

Schon gar nicht Paula.

Wie jeden Morgen machte sich die Altenpflegerin als Erstes daran, Licht und Luft in den muffigen Raum zu lassen. Sie zog die dunkelgrünen Samtvorhänge auf und öffnete die hohen Fensterflügel. Während Paula Frischluft in ihre Lunge pumpte, beobachtete sie ein Spinnennetz, das oben im Winkel des äußeren Fensterrahmens im Wind zitterte. Eine kleine Fliege hatte sich darin verfangen und kämpfte mit letzter Kraft gegen ihr Schicksal an.

»Mein Frühstück! Hunger! Ich will …«, nörgelte Rudolph Poppinga.

Seufzend wandte Paula sich ihrem Arbeitgeber zu. Der Alte brabbelte, nuschelte, krächzte.

Lauter unverständliches Zeugs.

Seit drei Jahren pflegte Paula Adam den Greis. Anfangs hatte er sie pausenlos herumkommandiert. Doch obwohl in seinem Blick weiterhin ein ungebrochener Wille lag, gehorchte dem 91jährigen sein Befehlsorgan, die Stimme, nicht mehr. Abgesunkener Kehlkopf. Ausgetrocknete Schleimhäute. Ausgeleierte Stimmbänder.

Kurz: der Verfall.

Mit einem nachsichtigen Lächeln setzte sich Paula auf seine Bettkante. »Eins nach dem anderen, Herr Poppinga. Sie wissen doch: Erst mal lege ich Sie trocken, dann wasche ich Sie. Danach können Sie frisch und sauber das Frühstück doppelt genießen.« Mit einem Ruck schlug sie seine Bettdecke zurück. Fäkaliengestank schlug ihr entgegen.

»Verhungern lassen willst du mich«, begann der Alte zu lamentieren, »Erbschleicher, Versager, missratene Brut ...«

Wieder verlor sich die dünne Stimme.

Paula Adam schob das Baumwollnachthemd des Alten hoch. Die Windel sah prall gefüllt aus.

Sie machte sich an die Arbeit.

*

Eine halbe Stunde später saß Rudolph Poppinga angezogen und gekämmt in der Küche am Esstisch und schlürfte lauwarmen Haferbrei. Seine Pflegerin blätterte in der Zeitung, auf der Suche nach Artikeln, die den alten Mann interessieren oder vielleicht sogar aufheitern könnten.

»Hören Sie mal, Herr Poppinga: *Ein drei Monate altes Baby ist angeblich wegen eines Streits der Eltern an der Pinnwand der Stadtbibliothek zum Verkauf angeboten worden. Vernehmungen der Eltern hätten den ersten Eindruck bestätigt, dass ein Dritter hinter der Annonce steckt, so die Staatsanwaltschaft.«* Kopfschüttelnd klopfte Paula auf die Zeitung. »Sagen Sie mal, in was für einer Welt leben wir eigentlich?«

Erwartungsvoll blickte die Altenpflegerin in Herrn Poppingas Origami-Gesicht. Manchmal bereitete es Paula Freude, seine Empörung hervorzukitzeln. Wenn er wütend wurde, schien er lebendiger. Doch heute starrte er sie nur aus geröteten Augen an. Von seinem schlaffen rechten Mundwinkel aus zog sich eine feine Haferschleimspur über das Kinn. Paula griff nach dem feuchten Lappen, der für solche Fälle auf dem Tisch bereitlag, und wischte dem alten Mann mit einer schnellen Bewegung den Schleim ab. Unbeabsichtigt versetzte sie dabei seinen Truthahnhals in Schwingungen.

»Herr Poppinga, was halten Sie von einem schönen Spaziergang heute Vormittag?«

Aus dem Dielenschrank holte sie Schuhe und das praktische Cape, das sie ihm nur über die Schultern zu legen brauchte, und das vorne am Hals mit zwei Druckknöpfen zu schließen war. Dann bückte sie sich – dafür nahm Paula den Schmerz in ihrem linken arthritischen Knie in Kauf –, um dem alten Mann die Schuhe anzuziehen.

Sie spürte, wie Herr Poppinga dabei auf ihre gewaltigen Brüste starrte.

»Komm, Kindchen«, schnaufte der Alte.

Verwundert schaute Paula zu ihrem Arbeitgeber hoch. »Nanu, Herr Poppinga, ich hab schon gedacht, Ihre erotischen Triebe sind inzwischen verdorrt!«

»Komm!«

Gehorsam setzte sie sich auf seinen Schoß. Im Sitzen war sie einen Kopf größer als der eingefallene Greis. Sanft bettete er sein kahles Haupt auf ihre üppige Brust. Aus den Poren seiner Kopfhaut strömte ihr der strenge Geruch des Alters entgegen. Langsam begann er ihren Busen zu kneten, er seufzte wohlig. Paula ließ es geschehen und dachte dabei an ihren Lohn. Für jeden ihrer raren kleinen Liebesdienste gab es ein Schmuckstück aus der Schatulle der verstorbenen Frau Poppinga, in der sich noch so manches schöne Geschmeide befand. Paula sehnte sich danach, die niedlichen kleinen Ohrringe mit den funkelnden Rubinen an sich zu nehmen, und die Brosche in Form eines Löwenkopfs, den wunderbaren Diamantring, das schwere Goldarmband, den Bernsteinanhänger und überhaupt ... Alles!

Paula konnte nicht anders, sie *musste* Sachen horten. Das war ihre Leidenschaft. Ihr Lebenselixier. Ihr Laster. Dabei ging es nicht mal so sehr um den Wert der Gegenstände. Das Protzen mit Reichtum hielt Paula für unanständig. Paula Adam war eine einfache, genügsame Frau, und sie kannte ihren Platz im Leben.

Unter ihr ächzte der alte Mann.

»Herr Poppinga, bin ich Ihnen auch nicht zu schwer?«

Als Antwort ließ er die Hände sinken. Paula richtete sich auf und rückte ihre Oberweite zurecht. »Ich glaube, jetzt wird uns ein bisschen frische Luft ganz guttun«, sagte sie.

Herr Poppinga nickte erschöpft.

*

Warm eingepackt saß Rudolph Poppinga in seinem Rollstuhl und ließ sich von Paula Adam durch das Lüneburger Kurparkviertel schieben. Der herbstliche Nebel löste sich allmählich auf, erste Sonnenstrahlen verzauberten Vorgärten, Tau glänzte auf gut getrimmten Rasenflächen und das Laub leuchtete in glühenden Farben.

»Was für ein herrlicher Morgen. Wir können das Leben genießen. Was, Herr Poppinga?«

»Unrat überall, ekelhaft!« Er deutete auf eine leere Blechdose am Wegesrand. Paula stoppte und bückte sich mit steifen Knien, um die bunte Dose aufzuheben. Bis auf eine kleine Delle sah sie noch wie neu aus. Paula ließ den Fund in die geräumige Tasche ihres Mantels gleiten.

»Heute Abend läuft eine schöne Volksmusiksendung im Fernsehen. Das ist doch was für uns, nich', Herr Poppinga?« Paula schob den Rolli wieder an.

Der Postbote kam ihnen auf seinem gelben Fahrrad entgegen und grüßte die beiden alten Leute freundlich. Paula mochte den drahtigen kleinen Mann. Sie hielt gern einen Plausch mit ihm, wenn er einmal ein Einschreiben oder ein Päckchen an der Haustür der Villa abzugeben hatte. Sie lächelte zurück.

»Der will auch nur mein Geld!«, bellte Herr Poppinga.

»Aber Herr Poppinga! Neulich, da mussten Sie etwas per Nachnahme bezahlen. Da haben wir dem Herrn Postboten natürlich Geld gegeben. Das war schon recht so.«

»Das Pack will nur mein Geld! Aber keiner findet es ...« Paula sah, wie die Schultern des Alten zuckten. Er kicherte leise vor sich hin.

Während sie den Rollstuhl umsichtig über den Asphalt dirigierte, musterte sie die schicken Appartementhäuser, die in den letzten Jahren zwischen den gediegenen Backsteinvillen aus dem Boden geschossen waren. Kein Vergleich zum sechzehnstöckigen Wohnsilo, in dem Paula lebte.

Manch einem flogen die gebratenen Tauben in den geöffneten Mund, andere schufteten sich ab, und trotzdem blieben ihnen nur die Brotkrumen der Reichen übrig, dachte Paula und sah auf die gestreifte Wollmütze hinunter, die den kahlen Hinterkopf des Alten bedeckte. Rudolph Poppinga hatte seinen Wohlstand seiner Frau, einer Juwelierstochter, zu verdanken. Nach Emilies Tod vor dreißig Jahren war das respektable Erbe an ihn gefallen. Glück gehabt, dachte Paula.

Sie selbst war nach zwei kinderlosen gescheiterten Ehen und nachdem sie sich vierzig Jahre lang mit dem real existierenden Sozialismus in der DDR arrangiert hatte, kurz nach dem Mauerfall in den Westen gezogen. Als private Altenpflegerin hatte Paula zunächst verschiedene pflegebedürftige Senioren betreut. Inzwischen war Poppinga ihre einzige Einnahmequelle. Er zahlte besser als alle anderen, und es gab keine Angehörigen, die ihre Nase dauernd in Paulas Pflegearbeit steckten und besserwisserische Tipps gaben, blödsinnige Vorstellungen entwickelten und sich immer dann einmischten, wenn es nun gar nicht passte. Winfried, Poppingas einziges Kind, tauchte zweimal im Jahr in der Villa auf – am Geburtstag des Alten und am zweiten Weihnachtstag. Vater und Sohn konnten sich nicht ausstehen.

Das war Paula ganz recht.

Es gab viele alte Leute, die ihre Schätze lieber einer freundlichen und willigen Pflegerin überließen als ihren undankbaren, gierigen Erben.

Paula beugte sich hinunter zu Herrn Poppinga und flüsterte ihm zu: »Gleich darf ich mir etwas Schönes aus der Schatulle aussuchen, nich', Herr Poppinga?«

Der Alte reagierte nicht.

»Herr Poppinga!« Paula schüttelte ihn an den Schultern. Wieder keine Reaktion. Schlief er? Leicht beunruhigt stoppte sie den Rolli und schaute sich Rudolph Poppinga an. Seine Augen waren geschlossen, die Lippen wirkten schlaff, die Haut schien aschfahl, fast bläulich.

Atmete er noch?

2.

Winfried Poppinga saß eingeklemmt zwischen einem übergewichtigen, in ein Buch vertieften Mann und einer vor sich hin dösenden Blondine mit iPod-Stöpseln in den Ohren auf dem Mittelplatz in Reihe 19 einer in London gestarteten Boeing 737.

Economy Class!

Neunundvierzig Jahre alt, Besitzer von Vielflieger-Karten diverser Fluggesellschaften, seit zwanzig Jahren gewohnt, Business Class zu reisen oder auch First Class, wenn ein Auftraggeber es bezahlte, und nun der Abstieg in die Holzklasse! Winfried wand sich auf seinem Platz und bemühte sich vergeblich, seine langen Beine noch einige Millimeter weiter unter dem Vordersitz auszustrecken.

Vor wenigen Minuten war der Landeanflug auf Hamburg angekündigt worden. Ein adretter Flugbegleiter huschte durch den engen Gang und sammelte die Plastikbecher ein, die den Passagieren kurze Zeit zuvor mit Getränken ihrer Wahl kredenzt worden waren. In Reihe 19, links, hatte der dicke Mann es ungefragt übernommen, die Becher einzusammeln. Wortlos reichte er dem Steward den Plastikmüll, in dem Reste einer rötlichen Substanz schimmerten. Im Gegensatz zu Winfried, der sich stets an stilles Wasser hielt, hatten sich sowohl der korpulente Mann als auch die hübsche Blondine am Fenster für Tomatensaft entschieden. Nun, zum Glück war die Sache gut gegangen, und das sämige Gesöff hatte ohne Kleckereien den Weg in die Mägen gefunden. Winfried schauderte. Tomatensaft und Plastik! In der Business Class gab es gut gespülte, appetitlich glänzende Gläser.

Um sich zu beschäftigen, fingerte Winfried das nappalederne Brillenetui aus der Innentasche seines maßgeschneiderten Jacketts und schob sich eine randlose

Gucci-Lesebrille auf die Imperatornase. Dann zog er das Bordmagazin aus dem Ablagenetz, das sich ebenso wie das hochgeklappte Tischchen eine halbe Armlänge vor ihm befand. Flüchtig betrachtete er das Titelbild, auf dem ihm ein junges Paar entgegenlachte. Im Hintergrund sah man die Silhouette von San Marco im Abendrot. Gelangweilt blätterte Winfried in dem Werbeblatt herum. Kurze Reportagen über einen Wellness-Urlaub auf Bali, ein romantisches Wochenende in Venedig und die ultimative Shopping-Tour in Dubai, dann das Angebot an Bord: edle Parfüms, Uhren, Spirituosen, Tabakwaren, aufblasbare Mini-Boeings für die Kinder – ein käufliches Stück Glück. Er stopfte das Magazin zurück zu Kotztüte und Safety-Anleitung in die Ablage.

Winfried spürte, wie sich langsam Druck in seinen Ohren aufbaute. Er schluckte kräftig und linste an seiner mit geschlossenen Augen Musik hörenden Sitznachbarin vorbei – ihre Brüste waren kaum größer als Tischtennisbälle, das hatte er schon beim Einsteigen bemerkt – hinaus in den weißgrauen Nebel. Seit die Boeing ihre maximale Reiseflughöhe verlassen hatte, befand sie sich im Wolkendickicht.

Trübe Suppe!

Bedacht darauf, sich dabei nicht die Knie zu stoßen, gelang es ihm, seine Beine übereinander zu kreuzen. Abgesehen davon, dass Start und Landung die schwierigsten Parts beim Fliegen waren und die Gefahr eines Absturzes dabei am größten, mochte Winfried die Situation nicht, in der man sich weder in maximaler Flughöhe befand noch mit beiden Beinen auf dem Erdboden. Winfried verabscheute Schwebezustände in allen Lebenslagen, beruflich genauso wie privat.

Das Flugzeug schaukelte und vibrierte, sackte in ein Luftloch, fing sich rasch. Der feiste Schenkel des Dicken links neben ihm drückte sekundenlang an Winfrieds

Bein, während sich unvermittelt eine knochige Hand von rechts in seinen Unterarm krallte.

»Ups!«, kicherte die junge Frau am Fensterplatz nervös, »'tschuldigung. Ich hab' mich total erschrocken. Dabei ist es fast wie in der Achterbahn. So'n luftiges Kribbeln im Bauch.«

Langsam ließ sie seinen Arm wieder los.

Winfried war entzückt von seiner Sitznachbarin. In ihrem niedlichen Gesicht strahlten babygroße, helle Augen. Wie alt mochte sie sein? Siebzehn, oder doch schon älter? Sie war ziemlich sexy.

»Fliegen Sie oft?«, fragte das Mädchen.

»Ja, aber normalerweise Business.«

»Dachte ich mir schon.« Die junge Frau ließ ihren Blick kokett von seinem markanten Gesicht auf das Designerjackett und noch ein Stückchen tiefer schweifen. »War wohl schon ausgebucht? Die Maschine ist ja auch rappelvoll.« Sie lächelte. »Ich bin Liza. Wer bist du?«

Winfried betrachtete es als ein gutes Zeichen, dass diese junge Frau so rasch zum Du überging. Offensichtlich hielt sie ihn nicht für einen Grufti. Er nahm seine Brille von der Nase und grinste gerade so breit, dass seine Lachfalten noch attraktiv wirkten.

»Hi, Liza, ich bin Win«, sagte er locker und legte die Brille wieder in das Etui zurück. »Was hast du vor in Hamburg?«

Endlich nestelte Liza die hässlichen Stöpsel aus ihren Ohrmuscheln. Dann straffte sie ihren Oberkörper so, dass die beiden kleinen Wölbungen unter ihrem Pullover besser zur Geltung kamen. »Och, ich war als Au-pair bei so einer saureichen Familie in Knightsbridge, und nun geht es zurück nach Hause. Such mir einen Job oder fang ein Studium an. Vielleicht Psychologie. Und du? Lass mich raten ...« Liza taxierte ihn eingehend. »Staranwalt, verheiratet, Kinder und der ganze Kram, oder?«

Einen Moment lang verlockte Winfried der Gedanke, seinen angestauten Seelenmüll bei diesem jungen Mädchen abzuladen, einem wehrlosen Opfer sozusagen. Was wäre schon dabei? Er würde sie nicht wiedersehen. Allerdings, man konnte nie wissen ... vielleicht standen seine Chancen, sie intensiver kennenzulernen, gar nicht mal schlecht. Winfried entschied: kein Wort zu ihr über seine völlig missglückte Ehe mit Edwina, nichts über die jämmerliche Schlammschlacht bei der Scheidung. Wozu sollte er ihr erzählen, dass er zwei Jungen hatte, die er nur noch alle zwei Wochen sehen durfte? Ganz zu schweigen von der Privatschule, die seine Kinder besuchten, weil Edwina darauf bestand. Das völlig überhöhte Schulgeld trieb ihn noch schneller in den Ruin. Doch wozu, um alles in der Welt, etwas verraten von dem finanziellen Desaster und allen anderen beruflichen Tiefschlägen, die ihn seit einem Jahr fertigmachten? Und auch über seinen Vater, den er in dem norddeutschen Provinznest besuchen wollte, in dem er aufgewachsen war – nothing. Was ging es die Kleine an, dass er seinen Alten anpumpen musste, um überleben zu können?

»He? Entschuldigung, bekomme ich heute noch eine Antwort?«, meldete sich Liza.

»Ich bin nicht verheiratet«, sagte Winfried, und er log dabei nicht einmal, »und mir gehört eine Werbeagentur.« Winfried fuhr sich mit der Hand über das volle, leicht wellige, graumelierte Haar. »Nach dem Abitur habe ich tatsächlich ein Semester Jura in Hamburg studiert, aber dann bin ich aus Deutschland weg. Erst nach Südfrankreich, später nach London. In England habe ich mir eine Existenz aufgebaut«, fügte er hinzu.

Sie nickte. «Du verdienst jede Menge Kohle, Win, das sieht man. Ich habe einen Blick dafür.«

Winfried lächelte wie Buddha.

Liza zog ihre Handtasche, einen ockergelben Stoffbeutel, hervor, und packte den iPod hinein. Dann verschwand sie beinahe mit ihrem ganzen Gesicht in dem Beutel, offensichtlich auf der Suche nach irgendetwas.

Winfried registrierte, dass er immer noch einen Druck auf den Ohren spürte, zum Glück konnte es nicht mehr lange bis zur Landung dauern. Durch das Fenster sah er Gebäude, Äcker, Rasenflächen, herbstfarbene Landschaft, hie und da Wasserläufe, kleine Seen, Bassins. Fahrzeuge in Spielzeuggröße schlichen über sich windende Asphaltpisten.

Von hier oben sah das Leben so geordnet aus.

Etwas später schwebte die Boeing träge auf das Flughafengelände zu, die Landebahn rückte immer näher, dann setzte die Maschine hart auf. Endlich wieder Bodenhaftung! Winfried spürte, wie sich der Körper seines beleibten Sitznachbarn bei der Landung für einen Moment an ihn drückte. Der dicke Mann entschuldigte sich dafür und klappte sein Buch zusammen. Liza starrte Kaugummi kauend vor sich hin. Mit überraschend kieksiger Stimme machte der Steward die obligatorische Durchsage mit der Bitte an die Passagiere, noch sitzen zu bleiben, bis die Maschine ihre endgültige Parkposition erreicht habe.

An den Fensterscheiben klebten dicke Wassertropfen. Draußen konnte man die Gebäude des Flughafens Hamburg-Fuhlsbüttel im Nieselregen erkennen. Tristes Herbstwetter. Passend zu seiner Seelenlage, fand Winfried, und tröstete sich damit, dass es auch in den düsteren Monaten goldene Tage gab. Seine Stimmung hellte sich auf, eigentlich war die Sache doch glasklar: Erstens, sein angekratztes Selbstwertgefühl verlangte nach Politur. Zweitens, hatte ihm nicht geradezu der Himmel das attraktive Mädchen an seiner Seite geschickt?

»Sag mal, wie alt bist du eigentlich, Liza?«

»Einundzwanzig! Und du?«

»Auf jeden Fall erwachsen wie du.« Winfried ging zu seiner in den achtziger Jahren hinlänglich bewährten Abschleppmasche über: »Also, ich finde, du bist eine wirklich interessante Persönlichkeit. Ich würde dich gerne näher kennenlernen.«

Sie zog eine Augenbraue hoch und kaute weiter.

Klong! Das Leuchtzeichen für die Gurte erlosch. Leute schälten sich eilig aus ihren Sitzen, froh, der Enge gleich entfliehen zu können. Der Gang füllte sich in Nullkommanichts. Die Reisenden hatten den nächsten Termin, das nächste Ziel bereits vor Augen. Das merkwürdige Gefühl, sich gerade eben irgendwo zwischen Raum und Zeit befunden zu haben, geriet sofort in Vergessenheit. Alles war gut gegangen. What's next?

Obwohl auf dem Gang Stau herrschte, weil die Tür noch gar nicht geöffnet war, wuchtete sich nun auch der dicke Mann aus seinem Sitz. Unwillkürlich drängten sich die Leute enger aneinander, um Platz für das respektable Schwergewicht zu schaffen. Winfried, der hager und lang war, nutzte die Lücke und schlüpfte einigermaßen geschmeidig hinterher. Beide Männer machten sich daran, ihr Handgepäck aus dem Fach über ihren Sitzen zu bergen. Winfried hievte seinen kleinen Koffer hinunter. Mehr Gepäck benötigte er nicht. Sein Rückflug war für übermorgen Abend gebucht.

In die Schlange vor ihnen kam zögerlich Bewegung, Liza ergriff die Chance, sich vor ihn in die Reihe einzufädeln. Sie war größer, als er vermutet hatte. Ihre staksigen Beine steckten in engen Röhrenjeans. Im Schneckentempo schoben sie sich ein Stückchen voran. Winfried drängte sich gegen Liza. Er spürte die eckigen Rückenknochen und das kleine, stramme Hinterteil.

»Mann, erdrück mich nicht!«, motzte Liza, die mit Hilfe des ockergelben Beutels Abstand zu ihrem übergewichtigen Vordermann hielt, nach hinten.

Die kleine Zurechtweisung ignorierend, kniff Winfried sie in die Seite. Seiner Erfahrung nach schätzten flirtbereite Frauen unter fünfundzwanzig forsches Verhalten bei Männern. Tatsächlich wandte sich Liza leise aufkreischend zu ihm um. Sie grinste: »Alberner Kerl.«

»Was ist, kommst du noch mit in eine Bar, hier auf dem Flughafen?«

»Ich muss noch zur Gepäckabholung, hab tausend Koffer.«

»Ich kann dir helfen.«

»Nein. Nicht nötig.«

Ehe Winfried weiter insistieren konnte, kam Bewegung in die Schlange. Alles drängte nun zügig aus der Maschine hinaus. Winfried und Liza wurden von der Menge mitgezogen. Erst im Flughafengebäude kamen sie dazu, ihr Gespräch wieder aufzunehmen.

»Hast du eine Handynummer?«, fragte Liza.

Winfried nickte und fummelte eine Visitenkarte – Reliefdruck auf echtem Bütten – aus der Jackentasche.

»Ich melde mich bei dir.« Liza stellte sich auf die Zehenspitzen, zog Winfried zu sich heran und drückte ihm einen Abschiedskuss auf die Wange. Ohne sich noch einmal nach ihm umzudrehen, verschwand sie in Richtung Gepäckausgabe.

Nach einer Toilettenpause ging Winfried an den Gepäckbändern vorbei, um die sich die Reisenden scharten, hinaus in die öffentliche Ankunftshalle. Dort lauerten Angehörige und andere Abholer hinter einer Absperrung. Sehr auffällig verhielt sich eine aufgekratzte Gruppe gut aussehender junger Leute mit Luftballons und Bannern, auf denen *Welcome back, Lieschen* stand sowie einem Plakat, auf dem ganz unverkennbar seine Sitznachbarin aus dem Flugzeug als Strandschönheit im Bikini abgebildet war. Und in der Mitte des aufgeregten Haufens stand ein junger Adonis mit einer einzelnen roten Rose.

Winfried spürte seine Chance, die Schöne noch einmal wiederzusehen, in den Keller sinken. Er trug es mit Fassung und strebte dem Ausgang entgegen. Am Taxistand warteten bereits jede Menge Menschen. Winfried seufzte. Bis er endlich bei seinem Vater eintreffen würde, konnte es noch eine Weile dauern.

3.

Ein Auto sauste viel zu schnell durch die Straße, in der Paula stand und den völlig leblos in seinem Rollstuhl zusammengesunkenen Rudolph Poppinga anstarrte. In ihren dreiundsechzig Lebensjahren hatte Paula keinerlei einschlägige Erfahrungen mit Toten gesammelt. Nie war jemand in ihrer Anwesenheit gestorben. Ob es sich um Angehörige oder um Pflegepatienten handelte, immer hatte sie den entscheidenden Augenblick verpasst. Ihre Eltern waren bei einem Segelausflug ums Leben gekommen. Paulas erste Schwiegermutter segnete, so wenig rücksichtsvoll sie auch zu Lebzeiten gewesen war, das Zeitliche, als Paula sich mit ihrem ersten Mann Ludger eines kurzen Zelturlaubs am Plattensee erfreute. Auch der Anblick von Johnny Schmitz' Leiche war ihr erspart geblieben. Paula hatte den hinfälligen Hamburger Lotsen, den sie betreute, zum Arzt begleitet. Während Paula im Wartezimmer saß, war Schmitz im Behandlungszimmer seines Arztes tot umgefallen.

Als gruselig empfand Paula von jeher die Sitte, Toten die letzte Ehre zu erweisen, indem man sich die aufgebahrten Leichen kurz vor der Beerdigung noch einmal anschaute. Nach Paulas Überzeugung sollte man Tote möglichst als Lebendige in Erinnerung behalten.

Vielleicht war Herr Poppinga nun ihr erster Toter?

Paula fühlte seinen Puls: schwach, sehr schwach. Der geht über den Jordan, dachte sie. Einen Moment lang erwog sie, Alarm zu schlagen, Hilfe zu rufen und in einem der Häuser zu klingeln, um darum zu bitten, einen Notarzt zu verständigen. Doch etwas in ihr sträubte sich dagegen.

Als sei nichts geschehen, schob sie den Rolli wieder an.

Poppinga war uralt, der hatte sein Leben gelebt. Im Krankenhaus würden sie ihn nur mit fiesen Schläuchen quälen, ihn notdürftig wieder aufpäppeln, und dann würde sie den noch hinfälliger und vergrätzter gewordenen Greis weiter pflegen müssen. Womöglich war er sowieso schon ins Koma gefallen. Von solchen Dramen konnte man ja fast täglich in der Zeitung lesen. Und dann? Paula würde mit leeren Händen dastehen. Tod oder Koma, egal – der versprochene Schmuck wäre futsch. Der rechtmäßige Erbe war Winfried Poppinga. Sie würde ihn schlecht um den verdienten Schmuck bitten können. »Ihr Vater hat an mir herumgefummelt, und als Dankeschön hat er mir dafür ein bisschen Geschmeide versprochen«, wie klänge das wohl in den Ohren eines Unbeteiligten? Sie war ja schließlich keine Straßendirne. Nein, so ging das ganz und gar nicht.

Abrupt hielt Paula wieder an. Sie bückte sich zu Rudolph Poppinga.

»Herr Poppinga!«

Nichts.

Und dann, ehe sie sich selbst ihrer Tätigkeit richtig bewusst wurde, machte sich Paula bereits an den Druckknöpfen des Capes zu schaffen. Sie wusste, das Schmuckkästchen ließ sich mit dem zierlichen Schlüssel öffnen, den Rudolph Poppinga ständig bei sich trug. Sie knöpfte das gestreifte Oberhemd vom Kragen her auf und fand sofort, was sie suchte. Zwischen dünnem, weißem Brusthaar baumelte eine schwere Goldkette, die im Ansatz des Unterhemdes verschwand. Paula zog an der Kette, und ein ovales Goldamulett kam zum Vorschein. Ihre ungelenken Finger verfluchend, brauchte sie eine Weile, bis der Verschluss des Amuletts aufschnappte. Dann endlich konnte sie das Schlüsselchen bergen. Der Schweiß stand ihr auf der Stirn, als sie es in ihre Manteltasche gleiten ließ, wo es leise klirrend gegen die Coladose stieß.

Geschafft, dachte Paula, und setzte den Spaziergang mit gespannten Nerven fort. Jetzt erst bemerkte sie, dass das schöne Wetter umgeschlagen war. Grauen Vorhängen gleich hatten sich die Wolken zugezogen. Es fing an zu nieseln. Paula beschleunigte ihren Schritt. Da sah sie den Postboten auf seinem gelben Fahrrad aus einer Auffahrt biegen. Er fuhr direkt auf sie zu. Einen Moment lang dachte Paula, ihr Herz bliebe stehen. Der Postbote schenkte ihr ein flüchtiges Lächeln, das jedoch erstarb, als er den Blick auf Poppinga richtete. Er bremste scharf.

»Mit Herrn Poppinga stimmt was nich'. Schau'n Se mal. Ich glaube …«

Pflichtbewusst stellte sich Paula neben den Mann, der unterdessen an dem Alten herumrüttelte.

»Wir müssen einen Arzt rufen«, sagte der Postbote besorgt, und ehe sich Paula versah, zog er sein Handy hervor und bestellte einen Rettungswagen.

*

Drei Stunden später – draußen goss es inzwischen in Strömen – ruhte sich Paula auf dem Sofa im Wohnzimmer der Poppinga-Villa aus. Die ganze Sache hatte sie doch ziemlich mitgenommen. Rudolph Poppinga befand sich längst im Krankenhaus. Der Notarzt hatte sich um ihn gekümmert, dann war Poppinga von Sanitätern auf einer Trage in den Krankenwagen verfrachtet worden. Paula hatte einige Fragen beantworten müssen, dann hatte sie gehen dürfen. Der freundliche Postbote, Ronny Dreher hieß er, hatte sie auf einen Kaffee ins nahe gelegene Ristorante *Roma* eingeladen. Es hatte sich herausgestellt, dass Dreher genau wie Paula ursprünglich aus dem Osten stammte. Sie waren ins Plaudern geraten, und dann hatten sie noch zusammen Pizza gegessen.

Paula rülpste kräftig – die Pizza Diavolo lag ihr jetzt doch etwas im Magen – und griff zum Telefon neben dem Sofa.

»Silke, ich bin's. Störe ich?«

»Nein. Ich räume nur gerade mein Bücherregal auf.«

»Kannst du mir einen Gefallen tun und mich in der Villa abholen? Der alte Poppinga hat einen schweren Kreislaufkollaps erlitten, als wir gerade spazieren waren. Der Rettungswagen hat ihn mitgenommen. Ich bin völlig erledigt.«

»Ach Gott. Das kann ich mir vorstellen.« In Silkes warmer Stimme lag Anteilnahme. »Kein Problem, Tante Paula, wenn es dir nichts ausmacht, etwas zu warten. Ich habe gleich einen Termin, kann etwas dauern. Aber danach komme ich direkt zu dir.«

»Das ist lieb von dir ... Silke? Wir müssten auch noch beim Krankenhaus vorbei, um ein paar Sachen für Poppinga abzugeben. Medikamentenliste, Zahnbürste und so etwas.«

»Kein Problem, ich habe dann Zeit für dich.«

Zufrieden legte Paula den Hörer auf. Silke war wie eine Tochter für sie. Mit ihrer Mutter Ruth – Paulas Schwester –, die inzwischen auf Mallorca lebte, hatte sich ihre Nichte nie gut verstanden. Silke war achtunddreißig, Grundschullehrerin und wie Paula unverheiratet und kinderlos. Seit der Lösung einer Dauerverlobung vor drei Jahren hatte sie jede Menge Zeit für ihre Tante. Die beiden Frauen besuchten Konzerte, gingen spazieren oder unternahmen Streifzüge über Flohmärkte. Dann passte

Silke immer auf, dass Paula nicht zu viel Krimskrams mit nach Hause schleppte. Paula lächelte in sich hinein. Bestimmt würde ihre Nichte eines Tages die Schmuckstücke zu schätzen wissen, die sich Paula im Hause Poppinga verdient hatte.

Ja, der Schmuck! Paula konnte sich nicht vorstellen, dass der Alte die nächste Nacht überleben würde, so wie er ausgesehen hatte. Es ging jetzt darum, sich das zu sichern, was ihr zustand. Nur kurz schoss es Paula in den Sinn, Rudolph Poppinga könne genesen und entdecken, dass der Schlüssel weg war. Fiele sein Verdacht nicht automatisch auf Paula? Nun, es waren schließlich auch Krankenwagenfahrer, Ärzte und Krankenhauspersonal um ihn herum gewesen ... Und so wischte Paula den Gedanken so energisch weg wie sonst den Speichel von Poppingas Kinn und tastete nach dem Mantel, den sie vorhin über das Sofa geworfen hatte. Aus der Manteltasche zog sie den Schlüssel hervor. Paula verschloss ihn fest in ihrer geballten Faust und wuchtete sich dann aus dem Sofa.

*

Im Schlafzimmer öffnete sie den großen Wäscheschrank. Zum zweiten Mal an diesem Tag – nachdem sie Rudolph Poppinga seine Schuhe morgens angezogen hatte – war Paula genötigt, in die Knie zu gehen. Ausgerechnet im untersten Fach, verborgen zwischen einem Stapel angegrauter Angora-Skiunterwäsche, befand sich das Schmuckkästchen. Paula wusste es so genau, weil sie es im letzten Jahr einmal für Poppinga hatte hervorholen müssen. Angestrengt wühlte sie in dem flauschigen Wäschestapel herum. Obwohl ihr Knie schmerzte, bückte sie sich noch ein Stückchen tiefer und schob ihren Kopf in das Innere des Schranks. Es half alles nichts. Die Schatulle war nicht an ihrem Platz! Immer beunruhigter durchforstete Paula die anderen Fächer.

Ohne Erfolg.

Fieberhaft überlegte sie, wo das Schmuckkästchen sein konnte. Hatte der Alte – misstrauisch wie er war – all seine Kräfte zusammengenommen und den Aufbewahrungsort geändert? Dann musste sich der Schmuck irgendwo im Erdgeschoss befinden, denn allein wäre Herr Poppinga niemals ins obere Stockwerk gelangt. Und wen außer Paula hätte er schon um Hilfe bitten können? Valentina, die zweimal im Monat das Haus gründlich putzte, kam wohl kaum in Frage. Paula hatte das Mädchen mit der großporigen Haut und dem leichten Silberblick als Putzhilfe eingestellt. Valentina war, was das Denken anbelangte, ziemlich schwerfällig. Sie hatte vor allen Dingen Jungs im Kopf. Dauernd sprach sie davon, so bald wie möglich heiraten zu wollen. Paula war sich ziemlich sicher, Valentina und Herr Poppinga hatten kaum jemals mehr als eine Begrüßung ausgetauscht. Eher war es ihr so vorgekommen, als mache das Mädchen einen Bogen um den miesepetrigen Greis.

Paula atmete durch.

Sie wusste, der Alte hielt überall im Haus Geld verborgen. Den Verstecken fehlte jede Originalität. Unter der Matratze hatte Paula einmal ein Bündel von fünftausend D-Mark entdeckt, Euros fanden sich im ganzen Haus nicht. In einem vergilbten Tennissockenknäuel war sie auf fünfhundert Mark gestoßen, und beim Abstauben von Büchern hatte sie Geldscheine im Wert von zehntausend Mark in diversen alten Schwarten gefunden.

Paula beschloss, zuerst einmal den Schlafraum auf den Kopf zu stellen. Dabei konnte sie gleich zwei Fliegen mit einer Klappe schlagen und Wäsche für das Krankenhaus zusammensuchen. Danach würde sie sich die anderen Räume vornehmen. Vorausgesetzt, das Kästchen befand sich überhaupt noch in der Villa, würde sie es bestimmt entdecken.

4.

»In welcher Beziehung standen Sie zu Arne Goldbek?«

»Beziehung? Nun, ich bin die Klassenlehrerin von Tristan Goldbek ...«

»... das ist der Sohn von Arne Goldbek. Laut unseren Unterlagen ist Tristan acht Jahre alt.«

»Ja, er geht in meine 2b. Ich unterrichte die Klasse in Deutsch und Kunst. Natürlich habe ich Kontakt zu den Eltern meiner Schüler. Es gibt Elternabende, Elterngespräche. Manchmal begleiten uns Väter und Mütter auf Ausflügen oder helfen beim Weihnachtsbasteln und diesen Sachen. Von solchen Anlässen her kenne ich auch Tristans Vater, der sich außerdem im Elternbeirat engagiert hat, recht gut.«

»Goldbeks Frau Melanie glaubt, Sie hätten eine Affäre mit ihm gehabt.«

»Wie kommt sie denn auf so etwas?«

»Sie hatten also keine sexuelle Beziehung zu dem Toten, Arne Goldbek?«

»Ja ... ich meine, nein ...«

»Sie bestreiten, vor einer Woche mit Arne Goldbek in einem Hotel in Cuxhaven gewesen zu sein, wo Sie sich ein Doppelzimmer mit ihm geteilt haben?«

»Wer behauptet das?«

»Melanie Goldbek hat die Rechnung für das Doppelzimmer in den Unterlagen ihres Mannes gefunden. Wir haben im Hotel nachgeforscht. Die Beschreibung trifft auf Sie zu, Frau Drösel.«

»Wie denn? Groß, brünett, blauäugig, Ende dreißig? So wie ich sehen doch viele Frauen aus.«

»Wir konnten ein Klassenfoto der 2b zeigen. Die Hotelangestellten haben Sie darauf wiedererkannt, Frau Drösel. Also, hatten Sie nun ein Verhältnis mit dem Ermordeten oder nicht?«

5.

Die Zimmerdecke war schmutzig weiß und mit Flecken übersät. Mücken, Fliegen, Spinnen, Falter hatten vor mehr als drei Jahrzehnten hier ihr Ende gefunden. Als Jugendlicher hatte Winfried es gemocht, die kleinen Viecher zu töten. Jagen, Nachspüren, Auflauern, ein akkurater Treffer – Klatsch, und aus war es mit dem Hin- und Hergesumme, Geflattere, Gekrabbel.

Winfried – obgleich er in London nie Eingang in derlei Kreise gefunden hatte – verstand die Leidenschaft der englischen Oberklasse für die Jagd nur allzu gut. Trotz Protesten der Öffentlichkeit fühlten sich Prinz Charles und seinesgleichen außerstande, von diesem erregenden archaischen Treiben zu lassen, bei dem der Mensch sich an seiner Macht ergötzte.

Winfried löste seinen Blick von der Zimmerdecke und rieb sich die Augen. Unbeabsichtigt hatte er einen Mittagsschlaf in seinem ehemaligen Kinderzimmer gehalten.

Zwei Stunden zuvor war er in seiner Heimatstadt Lüneburg eingetroffen. Auf sein Klingeln hatte niemand in der Villa reagiert. Zum Glück besaß er noch immer einen Schlüssel. In aller Ruhe war Winfried durch sein Elternhaus gestreift. Spießbürgerlicher Mief in allen Räumen. Lag das Aroma von Angstschweiß nicht noch immer in der Luft? Oder bildete er es sich nur ein?

Die Jahre hatten der Villa zugesetzt. Besonders die sanitären Räume und die Küche strahlten eine eigenartige Tristesse aus. Die Kacheln an den Wänden waren mit einem grauen Schleier überzogen. Vermutlich war der nicht mehr wegzuscheuern, dachte Winfried.

Am Anfang ihrer Ehe war Edwina einmal mitgereist. Mit ihren tausend Veränderungstipps für die Wohnungseinrichtung war Winfrieds Frau, die wirklich

Geschmack besaß, bei Rudolph Poppinga auf taube Ohren gestoßen.

»Sie hat einen hübschen Arsch, aber sie ist eine überdrehte Ziege«, lautete das derbe Urteil seines Vaters. Nun, im Grunde genommen hatte Rudolph Poppinga seine Schwiegertochter damit umfassend beschrieben, aber das war Winfried erst einige Jahre später aufgegangen. Die Abneigung beruhte jedenfalls auf Gegenseitigkeit. Als »beasty old man« bezeichnete Edwina den Alten, und die Kinder Roderick und Rupert weigerten sich, den deutschen Opa zu besuchen, den sie für eine Art außerirdisches Monster hielten.

Zum Abschluss seines Rundgangs hatte sich Winfried im alten Kinderzimmer aufs Bett gelegt und sich dann an den Jungen erinnert, der er einmal gewesen war. Darüber musste er eingeschlafen sein …

Winfried gähnte herzhaft. Er setzte sich auf. Aus dem Kulturbeutel fischte er ein Fläschchen, schraubte den Verschluss auf und träufelte sich Eau de Toilette auf die Handinnenflächen. Nachdenklich klopfte er sich das erfrischende Duftwasser ins Gesicht.

Es machte keinen Sinn, die Begegnung mit dem Alten weiter aufzuschieben.

Er ging hinunter ins Erdgeschoss.

Im Wohnzimmer hörte er es rumoren. Was war da los?

Er drückte die Türklinke hinunter …

»Herr Poppinga, mein Gott«, stieß Paula kurzatmig hervor. »Sie können mich doch nicht so erschrecken!«

Die Altenpflegerin hielt ein Buch in den Händen. Neben ihr, auf der Konsole aus Carrara-Marmor, war ein stattlicher Stapel mit Geldscheinen aufgeschichtet. Ein blauer Hundertmarkschein lag obenauf.

»Was machen Sie da, Paula?«, fragte Winfried misstrauisch. »Und wo ist mein Vater?«

Paula klappte das Buch zusammen und sackte aufs Sofa.

»Ich muss Ihnen was erzählen.« Auffordernd klopfte sie auf die freie Stelle neben sich.

Etwas unwillig ließ Winfried sich neben ihr nieder. »Nun legen Sie schon los, Paula.« Er lehnte sich im Polster zurück und verschränkte die Arme.

»Ihr Vater ist heute Vormittag ins Krankenhaus eingeliefert worden«, sagte sie behutsam. »Ein schwerer Zusammenbruch. Ich habe in der Agentur in London angerufen, aber ich habe Sie nicht an den Apparat bekommen. Sie wissen ja, ich kann kein Wort Englisch. Wir haben doch Russisch lernen müssen in der DDR ...«

»Ja, ja«, sagte Winfried nervös, »ich war längst unterwegs hierher. Ist es schlimm mit Vater?«

»Es sah gar nicht gut aus. Also, ich fürchte ...«

In Winfrieds Brust machte sich ein wundervoll leichtes Gefühl breit. War er bereits Erbe des Vermögens? Würde ihm das Betteln erspart bleiben?

»Vielleicht sollte ich im Krankenhaus anrufen?«, schlug er vor.

»Die wollten sich zwar bei mir melden, falls ... Trotzdem, es ist sicherlich eine gute Idee, wenn Sie als Sohn mal nachfragen täten«, riet Paula.

»Die Nummer vom Krankenhaus?«

»Weiß ich nicht auswendig. Gucken Sie mal oben nach.«

Vis-à-vis vom ehemaligen Kinderzimmer befand sich das Arbeitszimmer. Winfried setzte sich auf den ausladenden Chefsessel des Vaters. Alles lag an seinem Platz wie dreißig Jahre zuvor.

Er griff nach dem Telefonbuch.

*

Kaum war Winfried Poppinga aus dem Zimmer verschwunden, hielt es Paula nicht mehr auf dem Sofa. Sie nahm den Geldstapel von der Marmorkonsole und stopfte sich die Scheine in ihr Mieder. Gewissensbisse plagten sie kaum. Winfried Poppinga war stinkreich und damit nun wirklich nicht auf die paar Kröten angewiesen, die in der Villa herumlagen, fand Paula.

Ihr Kopf war ganz heiß, es war, als habe sie ein Jagdfieber ergriffen. Sie konnte sich nicht daran erinnern, jemals etwas so sehr begehrt zu haben wie Poppingas Schmuck. Sie würde die Stücke hüten wie ihren Augapfel und sich jeden Tag aufs Neue daran erfreuen. Und Winfried Poppinga? Hatte der nicht so etwas unanständig Gieriges im Blick? Überhaupt, seine Frau war ihm davongelaufen, das war bekannt. Was sollte er also mit dem Geschmeide anfangen – außer, es zu verscherbeln? Aus Paulas Sicht stand fest: Sie musste die neue Eigentümerin der Schatulle werden, koste es, was es wolle. In Gedanken ging sie noch mal alle möglichen Verstecke im Haus durch. Wo nur war der Schmuck verborgen?

*

»Ja, gut. Ich komme vorbei. Auf Wiedersehen!«

Enttäuscht legte Winfried den altmodischen grauen Telefonhörer auf die Gabel zurück. Die Stationsschwester hatte ihm gerade mitgeteilt, dass sich der Zustand des Patienten stabilisiert habe. Er müsse sich keine Sorgen machen, sein Vater besäße eine beneidenswert robuste Konstitution. Winfried fröstelte: Der alte Knochen lebte noch!

Bevor er ins Krankenhaus fuhr, musste er auf alle Fälle der Altenpflegerin auf den Zahn fühlen. In Gedanken versunken stieg Winfried die knarrende Treppe ins Erdgeschoss hinunter.

Als er auf der untersten Stufe angelangt war, klingelte es.

*

»Meine Tante? Paula Adam?«

Winfried taxierte die fremde Frau einen Moment lang: so um die vierzig, sah etwas müde aus, ebenmäßiges Gesicht, natürliche Ausstrahlung, brünett, fast so groß wie er selbst, schlank, aber doch kräftig gebaut – gar nicht mal schlecht.

»Kommen Sie doch rein, Frau …«

»Silke Drösel.«

*

Sie roch es sofort. In den üblichen dumpf-muffigen Geruch mischte sich heute eine angenehm frische Komponente. Die leichte Moos- und Sandelholznote ging zweifelsohne von dem gepflegten Mann aus, der ihr gerade seine Hand reichte und sich vorstellte. Das war also Poppingas angeblich so undankbarer Sohn, dachte Silke.

*

»Herr Poppinga …« Paula kam aus der Küche. »Die Silke fährt mich in die Klinik. Ich nehme dies und jenes für Ihren Vater mit.«

»Nicht nötig«, sagte Winfried entschieden. »Ich habe gerade mit dem Krankenhaus gesprochen und …«

Paula schlug sich auf den Mund.

»Vater geht es wesentlich besser. Die Sachen werde ich ihm persönlich bringen.«

»Vorhin sah er aber doch wie eine Leiche aus!«, rief Paula. »Sein Puls war so schwach.«

Winfried zuckte die Achseln. »Bringen Sie uns Kaffee, Paula?«

»Die Bewirtung von Gästen gehört zwar nicht zu meinen Aufgaben …«, maulte Paula, aber der junge Poppinga war schon auf dem Weg ins Wohnzimmer.

»Ich helfe gern«, bot Silke an.

»Gibt es Probleme?«, rief Winfried den Frauen zu.

»Blödmann«, murrte Paula.

Sie versetzte Silke einen Schubs in Richtung Wohnzimmer und verschwand dann in der Küche.

*

Im Wohnzimmer fiel Winfrieds erster Blick auf die Marmorkonsole.

Leer.

Suchend schaute er sich um.

Nichts.

Dieser scheinheilige Raffzahn von Altenpflegerin hatte alles eingesackt, dachte er empört.

»Sie haben wohl kein Auto dabei?«, fragte Silke Drösel in seine Gedanken hinein.

Statt zu antworten, ging er zur Konsole und wischte mit der Hand über den kühlen Stein.

»Also, wenn Sie möchten, kann ich Sie zum Krankenhaus fahren«, schlug Silke vor. »Tantchen könnten wir auf dem Weg absetzen.«

Wortlos tigerte Winfried im Zimmer umher. Vor dem Bücherregal blieb er stehen. Sein Blick schweifte über die Buchrücken.

»Darf ich?« Silke setzte sich aufs Sofa.

Winfried zog ein Buch aus dem Regal und blätterte darin. »*Anna Karenina*«, murmelte er. »Eine Lektüre, die wohl eher dem Geschmack meiner Mutter zugeordnet werden kann. Mein Vater war eindeutig der *Jerry-Cotton*-Typ. – Sie kennen meinen Vater, Frau Drösel?«

»Sicherlich. Ich hole meine Tante manchmal von der Arbeit ab.«

Er stellte das Buch ins Regal zurück. Dann sah er Silke forschend an. »Paula ist sehr vertraut mit meinem Vater, finden Sie nicht auch?«

»Wenn man einen Menschen derart intensiv betreut, ist

das wohl kein Wunder, oder?« Silke lächelte. »Sie leben in England? Ein Überraschungsbesuch?«

»In der Tat.« Er setze sich ihr gegenüber in den Ohrensessel. »Und Sie, Frau Drösel? Wohnen Sie auch hier im Ort?«

»Ich komme aus Hamburg und arbeite dort als Grundschullehrerin. Momentan sind Herbstferien.« Sie schlug die Beine übereinander. »Ich habe ein freundschaftliches Verhältnis zu meiner Tante. Wir unterstützen uns gegenseitig in Alltagsdingen. Paula besitzt ja zum Beispiel keinen Führerschein ...«

Die Tür wurde aufgestoßen. Paula Adam trat mit einem voll beladenen Silbertablett ins Zimmer. Noch ehe sie den Tisch erreicht hatte, fragte Winfried anklagend: »Wo ist das Geld hin, das vorhin auf der Konsole lag?«

Leicht zitternd stellte Paula das Tablett ab. »Entschuldigung. Welches Geld, bitte?«

»Als ich vorhin ins Wohnzimmer kam, standen Sie hier mit einem Buch in der Hand herum, und auf der Konsole lag so ein dicker Stapel mit alten Hundertmarkscheinen.« Er deutete mit der rechten Hand die Höhe des Stapels an.

»Davon weiß ich nichts«, behauptete Paula.

Sie lügt, wusste Winfried, der keinen Augenblick erwog, an seiner eigenen Wahrnehmung zu zweifeln.

Sie lügt, durchschaute auch Silke ihre Tante.

Ich lüge, dachte Paula.

Aber, wie willst du, Poppinga junior, es mir beweisen?

*

Silke Drösels Fahrstil war schnell und schnittig.

Sie sauste bei orangerot über die Ampel, überholte riskant und fuhr den anderen Verkehrsteilnehmern viel zu dicht auf. Paula saß hinter ihrer Nichte auf der Rückbank und klammerte sich, wie immer, wenn Silke am Steuer saß, an der Griffstange fest.

Winfried verfolgte die Fahrt vom Beifahrersitz aus.

Grundschullehrerinnen sind auch nicht mehr das, was sie einmal waren, dachte er. Vor seinem geistigen Auge tauchte Fräulein Hehn, seine ehemalige Klassenlehrerin, auf. Die hatte noch streng zurück gebundene Haare gehabt und war von gediegener Erhabenheit gewesen.

Im Golf herrschte Schweigen.

Silke, deren Kopfweh nach drei Tassen starken Kaffees nachgelassen hatte, konzentrierte sich aufs Fahren. Paula blickte nachdenklich aus dem Fenster. Winfried ärgerte sich noch immer über Paulas Unverfrorenheit. Obwohl er momentan nicht gerne Zeit mit der verlogenen Altenpflegerin verbrachte, hatte er Silkes Angebot angenommen, ihn ins Krankenhaus zu fahren.

Sie befanden sich im südöstlichen Stadtgebiet. Vor ihnen ragte eine Kolonie von backsteinroten Hochhausriesen auf.

»Diese Wohnsilos aus den Siebzigern sind aber auch zu abscheulich«, sagte Winfried Poppinga.

Silke drosselte das Tempo und steuerte den Wagen durch die voll geparkte Straße. Sie hielt in zweiter Reihe.

Als das Auto abfuhr, sah Paula sich nicht um, doch sie hörte, wie sich das Motorengeräusch langsam entfernte.

Hoffentlich fällt Silke nicht auf diesen aufgeblasenen Kerl herein, schoss es ihr durch den Kopf.

6.

Im Erdgeschoss des Gebäudes, in dem Paula Adam lebte, gab es eine kleine Ladenzeile. Ein Schlüsseldienst, ein Drogerie-Discounter und ein Tante-Emma-Laden, der für seine besonders krossen, frisch aufgebackenen Frühstücksbrötchen bekannt war, befanden sich dort. Paula benötigte Milch für den Grießbrei zum Abendbrot. Sie betrat den engen, mit Waren des täglichen Gebrauchs vollgestopften *Wagner's Lebensmittel Shop*.

Enno Röpers, die männliche Klatschbase aus dem dritten Stock, redete gerade etwas abseits des Eingangs auf die Kassiererin ein. Helene Raiser, die eine Etage tiefer direkt unter Paula wohnte, stand vor dem Gemüseregal und versperrte mit ihrem ausladenden Hinterteil den Durchgang.

»Helene, lässt du mich mal vorbei?«

Schwerfällig drehte sich Helene zu Paula um. »Ach, du bist das! Guck mal, was hältst du von den Bananen?« Helene senkte ihre Stimme, damit die Kassiererin Ulla, die um keine bissige Erwiderung verlegen war, nichts davon mitbekam. »Die sehen doch aus, als wären sie schon mal tiefgefroren gewesen, oder?«

Paula zuckte mit den Achseln. Das Thema Bananen war ihr noch immer zu heikel. Nach dem ebenso akuten wie berühmten Bananenmangel in der DDR hatte sie sich nach der Wende an der gelben Südfrucht regelrecht überfressen. Sie schob sich an Helene vorbei und bog in einen der beiden engen Gänge ein. An der Kühltheke blieb sie stehen. Paula fischte nach der letzten Tüte Frischmilch mit einem Fettanteil von 3,5 Prozent. Bis übermorgen haltbar. Na, immerhin, dachte Paula. Sie hätte sich auch für die pasteurisierte Milch entscheiden können, die in größerer Menge am Ende des Ganges zur Auswahl stand, aber Paula schätzte frische Produkte. Sie überlegte, ob sie noch etwas für den morgigen Tag gebrauchen konnte. Nudeln, Graupen, Reis hatte sie immer vorrätig, es könnte aber nichts schaden, ein paar Tomaten und ein bisschen frisches Obst mitzunehmen.

Sie ging zum Obst- und Gemüseregal zurück. Helene hatte sich noch keinen Zentimeter weiterbewegt. Sie hielt zwei Äpfel prüfend in den Händen.

»Na, Helene, suchst du Würmer?«

»Ich will einen richtig schönen Apfelkuchen backen.« Helenes Augen glänzten vor Freude.

»Ich dachte, du wolltest etwas mehr auf deine Linie achten«, sagte Paula.

»Schon. Aber ich bekomme morgen Kaffeebesuch.« Wieder senkte Helene verschwörerisch ihre Stimme: »Jaroslaw kommt zu mir. Er liebt Apfelkuchen!«

Helene sprach von dem polnischen Bauarbeiter mit dem wettergegerbten Gesicht und der beachtlichen Arm- und Brustmuskulatur, die er den ganzen Sommer über täglich zur Schau getragen hatte. Bei seinem Anblick war so manche Frau im Wohnblock stärker ins Schwitzen geraten, als die Temperaturen es gerechtfertigt hätten. Jaroslaw hatte eine samtweiche Stimme, sprach ein sehr charmantes, gutes Deutsch und war nicht mehr ganz jung – viele Frauen, besonders die in die Jahre gekommenen, hatten ein Auge auf ihn geworfen. Es war Paula schleierhaft, wieso er sich ausgerechnet von der fetten Helene einladen ließ.

»Helene? Wie alt bist du eigentlich?« Paula stopfte Tomaten in eine Papiertüte.

»Bei neununddreißig habe ich aufgehört zu zählen«, kicherte Helene. »Jaroslaw ist übrigens schon achtundfünfzig – hättest du das gedacht?«

Paula zuckte mit den Achseln. »Dann viel Glück mit dem Kuchen«, sagte sie, schnappte sich eine Apfelsine und ging zur Kasse.

Sie packte ihren Einkauf auf das Rollband: ein Tetrapack Milch, die Orange, drei mittelgroße Tomaten. Ulla tippte die Beträge stoisch in die Kasse und erwies sich als ungewohnt mundfaul. Paula ließ sich eine Plastiktüte geben, in der sie ihre Einkäufe verstaute. Sie zahlte und war froh, als Ulla sich damit begnügte, sie mit dem vertrauten »Tschüssie! Einen schönen ...!« zu verabschieden.

Der Fahrstuhl hielt im sechsten Stock. Paula stieg aus und ging den kargen Flur entlang bis zu ihrer Wohnung. Achtundvierzig Quadratmeter, Wohnzimmer mit Küchenzeile, separates Schlafzimmer, Bad und Flur. Sie stellte die Einkaufstüte ab, drehte den Wohnungsschlüssel im Schloss und sperrte die Tür auf. Sie spürte, dass sie beobachtet wurde.

Blöder Spanner, dachte sie verächtlich.

Dennoch ließ sie die Wohnungstür geöffnet, während sie ihren Mantel und die Schuhe auszog und ihren Pulli mit dem V-Ausschnitt glatt strich, bevor sie sich nach der Tüte mit den Einkäufen bückte. Sie wusste, ihr Nachbar von gegenüber würde den Ansatz ihrer Brüste durch den Türspäher sehen können. Sollte er sich doch immer wieder bewusst werden, was er sich hatte entgehen lassen.

Und es bereuen.

Paula ahnte in dem Moment, als sie sich in ihren Ausschnitt griff, dass es eine Torheit war, aber sie konnte sich die Geste einfach nicht verkneifen. Triumphierend zog sie die versteckten Hundertmarkscheine aus der Tiefe ihres Dekolletés hervor, wedelte damit kurz vor ihrer Nase herum, zwinkerte fröhlich und legte das Geld auf den Schuhschrank aus Kiefernholz.

Dann schloss sie die Wohnungstür und ging zum Küchentresen, auf dem sie die Einkaufstüte zwischen leeren Wein- und Likörflaschen, Pralinenschachteln und Blechdosen parkte. In der gesamten Wohnung sah es wie in einer Schatzkammer aus, fand Paula. Einen türkischen

Basar oder eine Rumpelbude nannte es ihre Nichte Silke. Aber genau so mochte Paula ihr Zuhause: vollgestopft mit einem Sammelsurium aus Kostbarkeiten und Ramsch, Geschmackvollem genauso wie Nippes.

Sie nahm einen der ausgewaschenen Quarkbecher und packte die Tomaten hinein. Dann griff sie sich ein kleines scharfes Messer und begann nachdenklich die Orange zu schälen.

Was war heute eigentlich passiert? Der Alte hatte einen Kollaps erlitten, war dann zwar im Krankenhaus gelandet, aber bedauerlicherweise nicht in die ewigen Jagdgründe eingegangen.

Außerdem hatte sie den Schlüssel für die Schmuckschatulle an sich genommen. Und dann war auch noch der junge Poppinga wie aus dem Nichts aufgetaucht.

Paula häutete die Orange gewissenhaft und entfernte jedes weiße Zipfelchen. Es war ihr herzlich egal, wenn Winfried Poppinga sie scheel anschaute, weil er sie verdächtigte, das Geld eingesteckt zu haben. Sie hatte zwar kein so breites Hinterteil wie Helene Raiser, aber davon, Dinge auszusitzen, verstand sie etwas.

Genüsslich stopfte sich Paula ein Stückchen Orange in den Mund. Süß und saftig – so müsste das Leben immer sein. Ob der alte Poppinga den Verlust von Schlüssel und Geld überhaupt jemals bemerken würde? Und falls doch? Rudolph Poppinga würde nicht mit absoluter Sicherheit wissen können, wer ihm den Schlüssel und das Geld gestohlen hatte. Vielleicht interessierte es den Alten auch gar nicht mehr. Bloß irgendwie am Leben zu sein und wahrhaftig zu leben, war ein erheblicher Unterschied. So kam es Paula jedenfalls vor.

Das wahre Problem war ein anderes.

Paulas Stirn umwölkte sich. Der Schmuck, auf den sie schließlich einen gewissen Anspruch erworben hatte, war im Erdgeschoss nicht auffindbar gewesen.

Sie spülte sich die klebrigen Finger ab, nahm sich Stift und Zettel und machte eine Liste. Wo konnte die Schatulle sein?

1. Versteckt in der Villa (sehr wahrscheinlich)
2. Bei Dr. Kolbe (möglich)
3. Bei Putzkraft Valentina (sehr unwahrscheinlich)
4. Bei Ilsa Schott auf Norderney (???)

Die Türglocke dingdongte. Paula schrak aus ihren Gedanken hoch. Kurz darauf lugte sie durch den Späher. Und grinste breit.

Jaroslaw, der Nachbar von gegenüber, hatte endlich angebissen.

7.

»Was hältst du von dieser Silke Drösel? Ist sie glaubwürdig?« Hauptkommissarin Carola Karberg sah ihren Kollegen Lars Thede an.

»Sie macht einen ehrlichen Eindruck. Allerdings hat sie eine ganze Weile gebraucht, bis sie mit der Sprache herauskam«, meinte der Oberkommissar.

»Kann man irgendwie verstehen.« Carola Karberg fuhr sich durchs stoppelkurze, rotblonde Haar. »Stell dir mal das Gerede an der Schule vor, wenn das bekannt wird!«

»Es geht rum wie ein Lauffeuer: Grundschullehrerin hat heiße Affäre mit Elternvertreter. Ehefrauen, nehmt euch in Acht vor den verführerischen Pädagoginnen!« Thede ließ ein jungenhaftes Lächeln aufblitzen. Er hatte ungewöhnlich scharfe Eckzähne. »Na, wenn meine Kleine erst mal schulreif ist … Ich bin schon gespannt.«

»Wie alt ist Marie? Ein Jahr?« Carola Karlberg kratzte

sich einen eingetrockneten Fleck vom Ärmel ihres schwarzen Blazers.

»Siebzehn Monate«, sagte Thede stolz, »sie ist unheimlich früh dran mit allem …«

»Na, trotzdem hat es mit der Einschulung noch ein bisschen Zeit, oder?« Carola Karberg hasste es, Unterhaltungen über Kleinkinder zu führen. »Fassen wir zusammen, was wir haben: Silke Drösel hat bei der Befragung schließlich eingeräumt, seit einem halben Jahr eine sexuelle Beziehung zu Arne Goldbek gehabt zu haben. Richtig?«

»Es gab regelmäßige Treffen in ihrer Wohnung. Und am vergangenen Wochenende haben sie eine Liebesnacht im Hotel *Seemöwe* in Cuxhaven verbracht«, bestätigte Thede. »Goldbeks Frau Melanie hat gedacht, er übernachtet bei seiner Mutter. Ab Sonntagmittag war er bei seiner Familie. Alles schien in Ordnung zu sein. Aber am Montagabend kam er nicht vom Büro heim.« Thede verschränkte die Arme hinter dem Kopf. »Am Dienstagmorgen wurde seine Leiche im Mittelkanal entdeckt. Von Passanten. Arne Goldbek hing zwischen Kaimauer und Duckdalbe fest.«

»Der Todeszeitpunkt ist auf …«, Carola Karberg warf einen Blick auf den Bericht aus der Gerichtsmedizin, »… Montag zwischen zwanzig Uhr dreißig und dreiundzwanzig Uhr festgelegt worden. Goldbek weist Schädelfrakturen auf, die auf Fremdeinwirkung schließen lassen. Außerdem gibt es Prellungen am gesamten Körper. Die Obduktion hat ergeben, dass er schon tot war, als er ins Wasser kam.«

»Dann können wir einen Unfall ausschließen, er kann sich ja nicht selbst ins Wasser gerollt haben, wenn er schon tot war«, schlussfolgerte Thede.

Sprachlos fixierte Carola Karberg ihren Kollegen. Ein starker Wirbel am Haaransatz ließ sein dunkles, volles

Haar keck an der Stirn abstehen. Manchmal benahm sich Thede wie ein echtes Greenhorn.

»Die Zeitungen haben geschrieben, der Mann sei ertrunken«, sagte sie. »Ich finde, wir lassen die Öffentlichkeit vorerst in diesem Glauben. Vielleicht verrät sich der Täter mit seinem Wissen.«

Thede nickte.

»Was meint die Spurensicherung?«, fragte sie.

»Der Regen hat alles abgewaschen in der Nacht.«

»Mist.« Carola Karberg dachte nach. »Stellen wir uns doch einmal Folgendes vor: Arne Goldbek hält sich aus irgendeinem Grund an diesem regennassen Abend in der Dunkelheit am Kanal auf. Was hat er dort gesucht?«

Thede zuckte die Achseln. »Eine Verabredung?«

»Bei dem Sauwetter? Draußen? Im Dunkeln?« Sie runzelte die Stirn.

»Goldbek gerät mit jemandem in Streit ... Vielleicht saß da ein Penner herum oder ein Drogentyp, der sich gestört fühlte«, entwarf Thede das Szenario.

Carola Karberg seufzte. »Was wissen wir also konkret?«

Lars Thede überflog eine mit krakeliger Schrift bedeckte Seite seines Notizblocks. »Die Ehefrau Melanie Goldbek hat als Alibi angegeben, ihren Sohn gegen acht Uhr ins Bett gebracht zu haben. Sie ist die ganze Nacht über bei ihm geblieben. Die Geliebte Silke Drösel hat ausgesagt, sie habe abends Klassenarbeiten korrigiert ...«

»Wir sollten die jeweiligen Nachbarn fragen, ob sie bestätigen können, dass die Frauen zu Hause waren«, unterbrach ihn die Hauptkommissarin. »Wusste Melanie Goldbek etwas von dem Verhältnis ihres Mannes?«

»Nun, sie hatte seit Kurzem einen Verdacht. So drückte sie es jedenfalls aus. Außerdem ist sie sich zu hundert Prozent sicher, dass ihr Mann das Verhältnis beenden wollte.«

»Wie kommt sie denn darauf?«

»Sie hat ihm wenige Tage vor seinem Tod gesagt, dass sie

ein Kind erwartet. Arne Goldbek war superglücklich darüber. Nie hätte er seine Familie verlassen, sagt seine Frau.«

»Was?«, entfuhr es Carola Karberg. »Und dann trifft sich der Kerl trotzdem mit seiner Geliebten?«

Thede grinste. »Männer sind so. Wahrscheinlich war der Ausflug lange geplant, den wollte er sich nicht entgehen lassen.«

»Noch einmal nach Herzenslust rummachen und dann als Abschiedsgeschenk der Laufpass. Das kommt bei Frauen gar nicht gut an!«, sagte die Kommissarin. »Sonstige Verdächtige? Hatte Goldbek Feinde?«

»Schwer zu sagen«, meinte Thede. »In der Firma hält man sich bedeckt. Die Kollegen sind schockiert über seinen Tod, na klar.«

»Wo war Goldbek beschäftigt?«

»Bei einer Versicherung in der City Süd.«

»Was wissen wir bisher über ihn?«

Lars Thede lehnte sich in seinem Bürostuhl zurück. »Goldbek spielte Tennis im Verein. Er war ein begeisterter Familienmensch, heißt es. Dazu passt auch das Engagement in der Schule. Außerdem kümmerte er sich um seine Mutter, die auf Norderney lebt.«

»Was ist mit dem Vater?«

»Arne Goldbek wurde unehelich geboren, Vater unbekannt. Die Mutter hat als Haushälterin gearbeitet und ihn ziemlich vergöttert.«

»Weibergeschichten? Ich meine, außer der Affäre mit der Drösel?«, bohrte Carola Karberg weiter.

»Die Witwe schweigt dazu. Ein Kollege, der sich als guter Freund bezeichnet, sagt, Goldbek soll kein Kind von Traurigkeit gewesen sein.«

»Wusste der Kollege etwas von Goldbeks außerehelicher Affäre?«

»Stig-Sebastian Hansen, so heißt er, hat eine Weile herumgedruckst. Dann konnte er aber nicht an sich halten und hat die Loyalität gegenüber dem toten Freund vollständig fahren lassen. Er war ziemlich gut im Bilde darüber, was mit der Lehrerin lief. Goldbek scheint Stig-Sebastian Hansen dafür eingespannt zu haben, ihm Alibis für seine Treffen mit Silke Drösel zu verschaffen.«

»Kennt dieser Hansen die Lehrerin?«

»Flüchtig. Interessant ist aber, dass Hansen das Gefühl hatte, die Drösel würde dem Goldbek zunehmend auf den Pelz rücken, ihn einengen. Und sie wollte wohl ein Kind von ihm.«

»Wenn das kein Grund für einen Familienvater ist, in Panik zu geraten«, sagte Carola Karberg trocken.

»Ich halte Hansen für ziemlich glaubwürdig«, sagte Thede. »Ein Mensch, der nichts hinter dem Berg halten kann.«

»Vielleicht hat der Hansen ja auch Melanie Goldbek etwas gesteckt?«, überlegte die Hauptkommissarin.

8.

Seit fünf Jahren lebten die Goldbeks in einem spitzgiebeligen Rotklinker-Einfamilienhaus aus den dreißiger Jahren im ruhigen Stadtteil Hamburg-Sasel. Wegen der guten Lage und der wachsenden Beliebtheit dieser Bauart war der Wert des Hauses stetig gestiegen. Vor zwei Jahren hatten die Goldbeks den Dachboden zu einem Spielzimmer für den achtjährigen Tristan ausgebaut. Es war ein verwunschenes Plätzchen entstanden, auch weil sich Melanie gegenüber ihrem Mann durchgesetzt hatte (was selten genug vorkam), und die ursprünglichen Holzdielen erhalten geblieben waren.

Der fast tausend Quadratmeter große Garten, gepflegt

und wunderschön eingewachsen, war bisher Arnes Revier gewesen. Weil sie ihm sowieso nichts hatte recht machen können, hatte Melanie ihrem Mann im wahrsten Sinne des Wortes das Feld überlassen.

Das war nun vorbei.

Melanie Goldbek machte sich mit der Astschere am Schmetterlingsstrauch zu schaffen. Sie kappte zuerst die vertrockneten Dolden und schnitt dann die Äste zurück. Jetzt merkte sie, wie gut es ihr tat, sich im Freien zu beschäftigen. Zum Glück regnete es nicht mehr, und der frische Wind pustete den Kopf frei. Sie trug Gummistiefel. Über Arnes Seemannspulli, an dem Wollmäuse klebten, hatte sie sich eine dunkelgrüne Wachsjacke gezogen, in der sie zu schwitzen begann.

Melanie war nervös. Wurde sie von der Kripo verdächtigt, Arne getötet zu haben? Der junge Beamte hatte sie ziemlich ausgequetscht. Was der alles wissen wollte! Dafür, dass sie gerade erst Witwe geworden war, hatte man sie nicht gerade zartfühlend behandelt.

Doch auch an Silke Drösel als Verdächtige kamen die Kripoleute nicht vorbei, dafür hatte Stig-Sebastian gesorgt. Arnes Kollege bei der Versicherung hatte sofort verstanden, dass Tristans Klassenlehrerin ein hinterhältiges Luder war. »Die Pädagogin unseres Vertrauens« war Arnes Spitzname für die scheinbar so nette, allseits beliebte Frau Drösel gewesen.

Der schäbige Heuchler!

Was hatte ihr Mann nur an diesem stämmigen Weib gefunden? Wäre Arne wenigstens mit einem Victoria-Beckham-Typ fremdgegangen, bis zu einem gewissen Grad hätte Melanie es akzeptieren können. Sie fragte sich, wozu sie sich selbst immerzu kasteite mit geschmackloser Low-Fat-Kost und endlosen Fitness-Einheiten im Studio. Seit Tristan auf der Welt war, befand sie sich im ständigen Kampf um einen optimalen Body-Mass-Index. Zurzeit gab es kein überflüssiges Gramm Fett an ihrem Körper, und der Bauch hing auch nur minimal durch, wenn sie sich nach vorne beugte. Immer auf der Hut vor Arnes entlarvendem Blick, vermied sie solche unvorteilhaften Bewegungen sowieso schon seit Langem. Ihr Mann hatte sehr verletzend sein können. Niemals körperlich, nein, das nicht.

Er gab grobe Sätze von sich, die in Bewusstsein und Seele wie wahllos gesetzte Messerhiebe stachen. Dann wieder punktierte er die Wunde, die von ihren Selbstzweifeln eiterte, chirurgisch präzise. Und manchmal, da schlichen sich die abwertenden Bemerkungen hinterhältig und unglaublich gemein aus dem Verborgenen heran und überfielen Melanie völlig unvorbereitet in trügerisch harmonischen Augenblicken der Zweisamkeit. Rare Momente.

Mit Tristan war Arne zum Glück nie so gemein umgesprungen wie mit ihr. Natürlich war der Junge ganz durcheinander wegen des Todes seines Vaters. Bis zur Beerdigung würde Tristan erst einmal nicht in die Schule gehen. Sollte Silke Drösel bis dahin nicht aus dem Verkehr gezogen worden sein, so musste Tristan eben umgemeldet werden.

Melanie streckte sich, bekam eine der hoch hängenden Dolden zu fassen und trennte sie mit einem entschlossenen Schnitt vom Ast. Staubige braune Blüten rieselten ihr ins Gesicht. Sie kniff die Augen zu.

9.

Paula räkelte sich in ihrem Bett.

Lächelnd betrachtete sie Jaroslaw, der mit nacktem Oberkörper, aber mit einer Jeans bekleidet, vor ihr stand. Er fächelte mit einer Handvoll der Geldscheine herum, die er von der Flurkommode genommen hatte.

»Ich kaufe Champagner, wir müssen feiern«, sagte Jaroslaw mit seiner sanften Stimme.

»In der DDR hat uns der Rotkäppchensekt immer hervorragend geschmeckt«, wandte Paula ein. Doch sie lächelte: »Meinetwegen kannst du aber auch den sündhaft teuren Champagner kaufen.«

Sie hatte einfach zu gute Laune. Endlich hatte sich Jaroslaw in ihren bereits im Sommer ausgelegten Netzen verfangen. Sie verzichtete darauf, sich einzugestehen, es könne ihn eher das Geld als ihre Verführungskünste gelockt haben.

Das Leben war so kurz. Wer etwas vom großen süßen Kuchen abbekommen wollte, der auf dem Buffet des Lebens bereitstand, musste schneller zupacken und durchsetzungsfähiger sein als die anderen. Es sei denn, man gehörte zu den wenigen Auserwählten, die sich – aus welchem Grund auch immer – zuerst bedienen durften.

Paula hatte immer kämpfen müssen.

»Was hältst du eigentlich von der Ehe, Paula?« Aus der Halsöffnung seines Strickpullis tauchte Jaroslaws Gesicht auf.

»Willst du mir einen Heiratsantrag machen? So schnell?«

Jaroslaw lachte. »Heute nicht. Warst du schon mal verheiratet?«

»Zweimal zu oft«, sagte sie trocken.

»Wie waren deine Männer? So wie ich?«

»Mit achtzehn habe ich Ludger geheiratet. Wir waren beide viel zu jung. Ludger hing noch an Mutters Nabelschnur. Und Wolfgang, mein Zweiter, war zu schön für mich. Das fanden andere Frauen auch.« Paula schaute zu, wie sich Jaro seine Socken überstreifte. Seine Füße waren nicht sehr ansehnlich. Zu viel Hornhaut. Gelbe Zehennägel.

»Du warst bestimmt schon immer eine tolle Braut«, schmeichelte Jaroslaw.

Paula lachte. »Brauchst du eigentlich gar keine Brille, Jaro?«

»Nur zum Lesen«, gestand er verlegen ein.

Paula lächelte zufrieden. Es war ihr lieber, wenn ihre zahlreichen Falten und Dellen in gnädiger Verschwommenheit wahrgenommen wurden.

»Du kannst mit den alten Markscheinen nicht einkaufen gehen, Bärchen«, warnte sie. »Ich hab mich erkundigt: Das Geld kann unbefristet bei allen Filialen der *Deutschen Bundesbank* in Euro eingelöst werden. In Hamburg gibt es eine Zweigstelle. Das ist sogar gebührenfrei.« Sie lachte kurz auf. »Wo gibt es sonst schon mal was gratis?«

»Paula, was denkst du denn von mir. Der Champagner geht natürlich auf meine Rechnung«, sagte Jaro. Er wirkte grüblerisch. »Wie viel ist das Geld eigentlich noch wert?«, fragte er schließlich.

»Die Hälfte in Euro etwa.«

Kaum war Jaroslaw aus der Tür, als das Telefon neben Paulas Bett klingelte. Mit einer trägen Bewegung hob sie den Hörer ab.

»Ach, Sie sind es«, sagte sie erstaunt.

10.

Im hellgelb gestrichenen Einzelzimmer lag Rudolph Poppinga in seinem weißen Krankenhausbett. Winfried konnte sich nicht erinnern, wann er seinen Vater zuletzt schlafend gesehen hatte. Der Alte wirkte so friedlich. Sah klein, hutzelig und überhaupt nicht mehr bedrohlich aus. An seinem Handgelenk steckte eine Kanüle in der Vene. Durch den Tropf wurden kreislaufstabilisierende Mittel zugeführt, hatte der Oberarzt erklärt.

Endlich schlug Rudolph Poppinga die Augen auf. Schaute verwirrt.

»Vater, hallo, ich bin da. Erkennst du mich?«, fragte Winfried sanft.

Der Alte blinzelte, schmatzte.

Winfried ahnte, wie es im Hirn seines Vaters langsam zu arbeiten begann. Er sah das halbvolle Wasserglas auf dem Beistelltisch und reichte es ihm. Der Alte trank einen Schluck.

»Verschwinde, Spatzenhirn«, knurrte er.

»Vater! Ich bin's, dein Sohn Winfried. Ich komme extra aus London.«

»Hau ab!«

Winfried zwang sich dazu, nicht die Geduld zu verlieren. »Vater, du bist verwirrt.«

»Elende Brut«, krächzte der Alte.

Winfried stellte das Glas hart auf dem Nachttisch ab. »Vater, ich würde dich nicht damit belästigen, wenn es nicht lebenswichtig wäre«, presste er hervor. »Die Zeit drängt. Ich möchte dich um die Auszahlung meines Erbes bitten.«

»Verräter!«, drang es aus der Kehle von Rudolph Poppinga.

In Winfrieds Magen ballte sich alles zusammen. Was

wäre, wenn er dem Alten ein Kissen auf sein lasterhaftes Maul drücken würde? Was wäre, wenn er die Schläuche vertauschen würde?

»Deine Pflegerin beklaut dich«, schäumte er. »Das Bargeld im Wohnzimmer. Sie hat es genommen.«

Der Alte glotzte ihn an.

»Verstehst du? Du nährst eine Natter an deinem Busen.« In Winfrieds Wut mischte sich eine tiefe Bitternis. »Und anstatt dein eigen Fleisch und Blut zu unterstützen, wie Mutter es sicherlich gewollt hätte, lässt du zu, dass es sich eine vollkommen Fremde unter den Nagel reißt.«

»Der Schmuck ...«, murmelte Rudolph Poppinga. Dann flatterten seine Augenlider.

Mit großer Befriedigung sah Winfried, wie auf dem Monitor die Herzfrequenzkurve des Patienten anstieg.

»Wenn du diese Nacht überleben solltest, sprechen wir morgen weiter.« Er beugte sich zum Vater hinab und flüsterte ihm ins unnatürlich große Ohr: »Aber falls du mich weiter so beschimpfst, werde ich alles daran setzen, dich entmündigen zu lassen. Du bist ein jämmerlicher greiser Trottel, eine Kreatur, deren Leben nur noch an einem seidenen Faden hängt. Ein Schatten deiner selbst. Du machst dir etwas vor, wenn du glaubst, noch etwas beherrschen zu können. Apropos, ich werde die Schwester um eine Bettpfanne bitten.« Winfried drückte sich die Nase mit den Fingern zu. »Wobei ich glaube, das Malheur ist bereits passiert. Du stinkst erbärmlich nach Pisse.«

Der Monitor begann zu piepen. Vermutlich würde gleich eine Krankenschwester nach dem Alten sehen. Winfried drehte sich um und verschwand aus dem Zimmer, in dem er keine Luft mehr zu bekommen glaubte.

Der Alte widerte ihn an.

Aufgewühlt ging er hinunter in die Krankenhaus-Cafeteria. Dort saß Silke Drösel. Sie hatte darauf bestanden, auf ihn zu warten.

»Mit meinem Vater kann man kein vernünftiges Wort reden. Es ist schlimmer denn je!« Er war zu frustriert, um seinen Ärger für sich zu behalten.

»Nach so einem Zusammenbruch ist das vermutlich gar kein Wunder.« Sie schob ihm einen Schokoladenriegel zu, der auf dem Tisch neben einer zerknüllten Packung Schokobonbons lag. »Nervennahrung! Hilft immer.«

»Wenn das Leben so einfach wäre.« Er wickelte den Riegel aus und biss hinein.

Silke organisierte zwei Tassen Cappuccino. Obwohl Winfried das Modegetränk nicht sonderlich mochte, empfand er es als ausgesprochen wohltuend, derartig umsorgt zu werden.

»Der Herr Poppinga ist eine ganz harte Nuss. Sagt Tante Paula auch immer«, tröstete Silke.

»Ich habe mich noch nie mit meinem Vater verstanden, empfand ihn immer als hart und ungerecht. Ein Tyrann eben«, Winfried presste die Lippen aufeinander. »Er hat mich für einen Schlappschwanz gehalten. Viel lieber hätte er einen Sohn so hart wie Kruppstahl gehabt. Wie es sich die Nazis eben erträumten. Dabei war ich als Schüler richtig gut in Leichtathletik. Aber in den Augen meines Vaters war das nichts Besonderes. Meine Gegner hat er über den grünen Klee gelobt, und mich hat er zur Sau gemacht.«

Silke nickte. »Das kann ich nachfühlen. Bei uns zu Hause war auch nicht alles eitel Sonnenschein.«

»Meiner Mutter hat vor meinem Vater gekuscht. Sie hat mich nicht in Schutz genommen, war zu labil. Wahrscheinlich hatte sie mit sich selbst genug zu tun.« Nachdenklich trank Winfried seinen Cappuccino. »Nach dem frühen Tod meiner Mutter bin ich ins Ausland gegangen. Den Kontakt zu meinem Vater brach ich ab.«

»Haben Sie ihn denn nicht gelegentlich besucht?« Silke schien überrascht zu sein.

»Vor zehn Jahren bin ich wieder nach Hause zurückgekehrt. Zu Besuch. Vater hatte sich verändert. Er wirkte nicht mehr so bedrohlich. War hinfällig geworden, wissen Sie. Nur sein boshaftes Maul hat noch anstandslos funktioniert.« Winfried stockte. Er dachte daran, dass der Alte damit geprahlt hatte, ihn nach dem Tod von Emilie um einen Teil seiner Erbschaft geprellt zu haben. Winfried hatte es geschafft, darüber hinwegzugehen und sich seinen Ärger nicht anmerken zu lassen. Es war ein köstliches Vergnügen für ihn gewesen, den Despoten von Besuch zu Besuch immer mehr verfallen zu sehen.

War er heute am Ziel angelangt?

Silke Drösel riss ihn aus seinen Gedanken. »Zu Mutter habe ich ein distanziertes Verhältnis«, sagte sie. »Es ist schwer, wenn man sich nicht richtig angenommen fühlt.«

Winfried war erstaunt, wie leicht es ihm fiel, mit ihr zu reden. Es tat einfach gut. Bei Liza im Flugzeug hatte ihn irgendetwas – vermutlich ihre Jugend – davon abgehalten, sich zu öffnen, aber diese Lehrerin hier besaß genau die richtige Mischung aus Lebenserfahrung, unaufdringlicher Anteilnahme und freundlicher Distanz. Sie hörte ihm ruhig zu. Aus ihren veilchenblauen Augen sah sie ihn hellwach an.

Er erzählte ihr von seiner kleinen, feinen und bisher so erfolgreichen Londoner Werbeagentur. Von den Problemen, weil sein bester Kreativer gekündigt und sich mit einer Konkurrenzfirma selbstständig gemacht hatte. Davon, dass drei der wichtigsten Werbekunden abgewandert waren.

Ein Desaster!

Winfried hatte Mitarbeiter entlassen müssen. Neue Aufträge waren daraufhin geplatzt. Der gute Name der Agentur hatte in der Branche schnell gelitten. Als Zeichen, dass es wieder aufwärts ginge, musste er einen bestimmten Artdirector für sich gewinnen. Der Mann war teuer.

»Mein Vater muss mir finanziell unter die Arme greifen«, hörte sich Winfried zu seiner eigenen Überraschung sagen. »Zuerst einmal benötige ich bis zum Monatsende genug Geld, um die laufenden Gehälter bezahlen zu können.«

»Ist Ihr Vater denn so reich?«

»Mein Großvater mütterlicherseits hat früher im Diamantenhandel gearbeitet. Bis gegen Ende des Zweiten Weltkriegs. In Antwerpen, dem wichtigsten Diamantenhandelsplatz der Welt.« Winfried registrierte befriedigt, wie Silke an seinen Lippen hing. »In den dreißiger Jahren besaß Großvater ein Juweliergeschäft in Köln. Mein Vater war dort Stift – so nannte man einen Azubi damals – und nach der Lehre entwickelte er sich zur rechten Hand meines Großvaters. Praktischerweise hat mein Vater später des Diamantenhändlers einziges Töchterlein, meine Mutter Emilie, geehelicht.«

»Meinen Sie, Ihr Großvater hat vom Dritten Reich profitiert?«

»Es ist ein Kapitel, über das nicht viel erzählt wurde in meiner Familie. Aber ich habe mich als Schüler zeitweise sehr dafür interessiert. Es gab Geschäftsbeziehungen nach Namibia, das damals eine deutsche Kolonie war. 1908 wurden dort die ersten Diamanten gefunden, Großvater tummelte sich in den zwanziger Jahren in der Hauptstadt Windhuk. Es gibt alte Fotografien von ihm in der namibischen Wüste.« Winfried nahm einen Schluck Cappuccino. »Die namibischen Rohdiamanten gehören zu den wertvollsten der Welt und bringen mit durchschnittlich 315 US-Dollar pro Karat die höchsten Preise.«

»Helfen Sie mir«, unterbrach ihn Silke sanft. »Wie schwer ist ein Karat?«

»Ein Gramm hat fünf Karat.«

»Und je größer ein Diamant, desto mehr wert ist er?«

»Nicht unbedingt. Die Bewertung eines Diamanten hängt von vier Komponenten ab. Neben der Masse in

Karat sind die Reinheit, die Farbe und der Schliff die anderen Faktoren. Auf Englisch: *carat, clarity, colour and cut* – die so genannten vier C.«

»Wollten Sie auch mal Juwelier werden?«, fragte Silke lächelnd.

Er grinste. »Nein, aber ich habe das eine oder andere ganz beiläufig mitbekommen. Als Kind hat mich das Thema fasziniert.«

Im Stile eines Schülers, der etwas auswendig Gelerntes schnell und ohne Betonung herunterleiert, begann Winfried aufzusagen: »Der größte Rohdiamant, der *Cullinan*, wurde 1905 in Südafrika gefunden und hatte 3106 Karat. Er wurde in 105 Steine aufgespalten. Die neun größten Stücke sind Teil der britischen Kronjuwelen.«

Silkes perlendes, helles Lachen umschmeichelte seine Ohren. Er fühlte, wie er sich entspannte, und spürte Lust, einfach weiterzuerzählen.

»Zu den berühmtesten Diamanten der Welt gehört der *Blue Hope*. Es ist ein dunkel stahlblauer Stein mit 45,52 Karat. Der Rohdiamant wog 112 Karat und wurde in Indien gefunden.« Winfried vertiefte sich in Silkes veilchenblaue Augen und dozierte weiter: »Im Jahre 1668 verkaufte der französische Reisende Jean Baptiste Tavernier den Diamanten an König Louis XIV von Frankreich. Der Hofjuwelier schliff den Stein zum 69 Karat wiegenden *French Blue*. In Gold gefasst hing der Diamant an einem Band um den Hals des Monarchen. Während der französischen Revolution wurde der Stein gestohlen. 1824 tauchte er in seiner heutigen Form in einer Edelsteinsammlung von Henry Philip Hope auf …«

»Daher der Name!«, warf Silke ein.

»Als Henry starb, entbrannte ein Kampf um den Diamanten zwischen seinen drei Neffen …«

»Erbstreitereien. Typisch. Wo etwas zu holen ist, da kreisen die Geier«, sagte Silke. »Und wie ging der Streit aus?«

»Das weiß ich nicht mehr so genau. Auf jeden Fall gehört der *Blue Hope* inzwischen zu einer Edelsteinsammlung der Smithsonian Institution in den USA.«

»Besitzt Ihr Vater Diamanten?«

»Er hat es immer bestritten. Aber ihm ist nicht zu trauen.«

»Hört sich alles sehr spannend an.«

Eigentlich war Silke Drösel ziemlich hübsch, dachte Winfried. Ein bisschen dabei zu verblühen, vielleicht. Aber wer wurde nicht älter?

»Auf jeden Fall war Vater schon immer ein windiger Aal, allzeit auf seinen Vorteil bedacht«, erzählte er weiter. »Trotzdem musste auch er als Soldat an die Front. Als er aus Frankreich zurückkehrte, lag Großvater auf dem Sterbebett. Einige Jahre später haben meine Eltern geheiratet. Mit einem ganz durchschnittlichen Juweliergeschäft haben sie sich in Lüneburg niedergelassen.« Er lächelte schief. »Außer der Villa und einem Ferienhaus gibt es Wertpapiere. Außerdem existiert der wertvolle Schmuck meiner Mutter Emilie. Eine gute Freundin in London ist sehr interessiert daran. Sie macht mir ein faires Angebot ...« Winfried stockte.

Er traute seinen Augen nicht.

Auf der anderen Seite der dicken Glaswand, die die Cafeteria von der Eingangshalle des Krankenhauses trennte, hatte er seinen Vater entdeckt. Bekleidet mit Cape und Wollmütze. Rudolph Poppinga wurde von einem Krankenpfleger im Rollstuhl durch die Lobby geschoben. Hinter den beiden her schlurfte Dr. Kolbe, der langjährige Hausarzt der Familie Poppinga, unverkennbar in seiner schildkrötenähnlichen Haltung. Wie angestochen sprang Winfried von seinem Stuhl auf.

»Entschuldigung«, murmelte er in Silke Drösels Richtung. Dann eilte er hinter dem Trio in der Halle her.

»Dr. Kolbe! Warten Sie!« Er hielt den Doktor am Ärmel fest.

»Winfried?«, sagte Dr. Kolbe überrascht. »Ich denke, du bist in England.«

»Wo wollen Sie mit Vater hin? Ein Spaziergang? Es ist doch schon dunkel draußen«, wunderte sich Winfried.

»Nein, Rudolph kann nach Hause. Auf eigenen Wunsch. Ich habe es mit meinem Neffen Ulli, dem Oberarzt, so abgesprochen.«

»Ist das nicht viel zu früh? «

»Zu Hause hat er seine Ruhe. Hier kommt er mit den Schwestern nicht zurecht, und die Ärzte sind auch schon komplett entnervt. Er beschimpft sie alle.« Dr. Kolbe schüttelte missbilligend den Kopf. »Ich habe alles veranlasst. Ich begleite ihn jetzt. Paula Adam wird sich heute Nacht um deinen Vater kümmern. Morgen früh schaue ich dann nach Rudolph. Das wird schon, Junge, mach dir mal keine Sorgen.« Dr. Kolbe lächelte ihm aufmunternd zu.

Er war ein durch und durch gutmütiger Mensch, dachte Winfried. Komplett anders als sein Vater. Was verband diese unterschiedlichen Männer miteinander? Dr. Kolbe mochte jetzt wohl Anfang sechzig sein. Er war ein ganz junger Arzt gewesen, als er die herzkranke Emilie Poppinga kurz vor ihrem Tod medizinisch betreut hatte.

Nachdenklich kehrte Winfried in die Cafeteria zurück.

Vielleicht konnte er es im vertrauten Umfeld schaffen, dem Alten eine Unterschrift für eine Generalvollmacht abzuringen, überlegte Winfried. Er würde seinen Vater unter Druck setzen müssen, das war klar.

»Silke, macht es Ihnen etwas aus, mich zurück zur Villa zu fahren?«

Mit wenigen Worten erklärte er ihr die Situation. Im Auto warf er einen Blick auf sein Handy, das er ausgeschaltet bei sich getragen hatte, seit er morgens in Heathrow gestartet war. Normalerweise ein Unding. Während er die Liste der Anrufe durchblätterte – von

Kunden, von Bekannten, von seiner Ex-Frau Edwina – beschloss er, einzig und allein Katrin Großkötter zurückzurufen.

Katrin war die Seele seiner Agentur und Winfrieds rechte Hand. Sie wusste über alles Geschäftliche Bescheid und schmiss den Laden, wenn er unterwegs war. In den Achtzigern war sie als Kieler Anglistikstudentin in London hängen geblieben. Neben einem ausgeprägten Faible für kniffelige Gesellschaftsspiele besaß die Dreiundvierzigjährige eine Schwäche für erheblich jüngere pakistanische Einwanderer mit karamellbraunen Waschbrettbäuchen. Ihren jetzigen Freund Radji wollte Katrin Großkötter demnächst heiraten, damit er die deutsche Staatsbürgerschaft erhalten und als Bürger der EU in London bleiben konnte.

Während Silke den Wagen bei Orangerot über die Kreuzung jagte, telefonierte Winfried mit seinem Londoner Büro.

»Wo brennt's denn, Katrin?«

»Chef, hör zu: Bo Johnson-Fullerton hat sich endlich aus dem Karibik-Urlaub gemeldet. Er findet dein Angebot höchst interessant und möchte sich mit dir treffen!«

»Hervorragend.«

Das war endlich eine gute Nachricht. Johnson-Fullerton war der Artdirector, den Winfried unbedingt für seine Agentur gewinnen wollte. Denn der Mann galt als der kommende Star der Branche.

»Verabrede einen Termin mit ihm. So bald wie möglich. Du weißt ja, ab Freitagabend bin ich wieder in London.«

»Mach ich, Chef«, sagte Katrin, »und Winfried – melde dich bei deiner Ex. Sie sagt, es sei wichtig.«

»Wie ist das Wetter in London?«

»Winfried«, ermahnte ihn Katrin, die nicht zu Unrecht für sich in Anspruch nahm, ihren Chef besser zu kennen als er sich selbst, »kümmere dich um Edwina. Du weißt doch, wie sie ist!«

11.

Kühl prickelte der Champagner auf der Zunge.

»Und der Alte hat noch mehr Geld versteckt?« Jaroslaw streichelte Paula über den Rücken.

Sie nippte nachdenklich an ihrem Glas. »Jaro, du bist nur wegen des Geldes bei mir, oder?«

»Glaubst du das wirklich, Paula?«

»Ich habe dich doch schon den ganzen Sommer über angeschmachtet«, gab sie zu.

»Ich habe mir wirklich nichts darauf eingebildet. Du bist doch zu allen Männern freundlich.« Er lachte.

»Du kannst dich vor aufdringlichen Frauen gar nicht retten. Mich hast du nie sonderlich beachtet«, beharrte sie.

Jaro lachte noch mehr. »Ich hab mich an dich gar nicht herangetraut. Ich bin doch nur so ein kleiner polnischer Muskelmann.«

Paula kicherte. »Muskelmännchen, wie kommt es eigentlich, dass du so gut Deutsch sprichst?«

»Meine Mutter war Deutsche. Aus Ostpreußen. Ihre ganze Familie ist bei Kriegsende in den Westen geflüchtet. Aber meine Mutter ist in Polen geblieben, weil sie in meinen Vater verliebt war.«

»Und deine Mutter hat dann Deutsch mit dir gesprochen …«

»Mit mir und meinen drei Geschwistern. Pünktlichkeit war meiner Mutter wichtig. Auf eine gute katholische Erziehung bestand mein Vater.« Jaroslaw schüttelte lachend den Kopf.

Paula sah ihn sinnend an: »Die Mutter deutsch … Dann bist du ja nur ein halber Pole.«

Er grinste. »Aber ein ganzer Mann! Komm her, meine Süße.«

Nach einer Weile drückte Paula ihm einen letzten dicken Kuss auf die Lippen. Dann holte sie den Wohnungsschlüssel.

»Der ist für dich, Jaro. Falls du mich mal überraschen willst oder so ...«

Jaroslaw kam lächelnd auf sie zu, nahm den Schlüssel und umschlang Paula zärtlich. Er begann an ihrem Ohr zu knabbern.

»Wir müssen los, Jaro«, kicherte Paula.

Zum Glück besaß Jaroslaw ein Auto. Einen unansehnlichen, altersschwachen Kleinwagen zwar bloß, aber Paula war froh, dass sie nicht wie sonst den Bus würde nehmen müssen, um zu ihrem Arbeitsplatz zu gelangen. Nach zwei Gläschen Champagner fühlte sie sich herrlich beschwingt, unternehmungslustig und auf angenehme Weise verrucht. Ohne lange nachzudenken, hatte sie Jaroslaw von Rudolph Poppinga, dem Geld in der Villa und der Schmuckschatulle erzählt. Die kleinen Liebesdienste an Poppinga verschwieg sie ihm. Aber sie hatte durchblicken lassen, dass der Alte ihr mehr vertraute als seinem eigenen Sohn. Paula schob sich ein Pfefferminzbonbon in den Mund.

Schade um den schönen Champagnergeschmack, dachte sie.

Aber Dienst blieb schließlich Dienst.

12.

»Paula, Sie sind ein echtes Goldstück. Einfach famos, dass Sie sich sofort bereit erklärt haben, heute Nacht bei Rudolph Wache zu halten.«

Seit einer halben Stunde saßen Dr. Kolbe und Paula in der Küche der Poppinga-Villa. Der Doktor ließ sich immer wieder Hagebuttentee aus der dickbäuchigen dänischen Keramikkanne nachschenken. Dr. Kolbe war ja ein netter Kerl, dachte Paula, aber er war verheiratet. Der Mediziner stand bombenfest unter dem Pantoffel einer eifersüchtigen Gattin – wenn man dem Gerede der Leute Glauben schenkte. Und das tat Paula.

Der heiße Dampf des Tees hatte ihre Wangen gerötet. Plötzlich legte Dr. Kolbe seine sehnige, braun gefleckte Hand auf ihre.

»Ich würde mich glücklich schätzen, wenn Sie sich später mal nur um mich kümmern würden. Rudolph hat mir so viel von Ihrer äußerst liebevollen …«, er machte eine Kunstpause, »… Zuwendung erzählt.«

Paula erschrak. Was genau wusste der Doktor?

Sollte sie das Spiel der Andeutungen mitspielen, das ihm offensichtlich so große Freude bereitete?

»Der Herr Poppinga hat sich so manches Mal erkenntlich gezeigt, für meine … besonderen Leistungen.« Sie schwieg vielsagend. »Hat er Ihnen eigentlich jemals den schönen Familienschmuck gezeigt?«

»Emilies Juwelen? Ich durfte sie bewundern.« Der Doktor räusperte sich. »Wie gerne würde ich weiter mit Ihnen plaudern, liebe Paula. Aber leider muss ich los.«

Bevor er tatsächlich ging, ließ er es sich jedoch nicht nehmen, Paula zum dritten Mal zu instruieren, wann und wie sie Rudolph Poppinga die Medizin verabreichen sollte. Erst nachdem sie die ärztliche Verordnung noch einmal heruntergebetet hatte, verabschiedete sich der Arzt zufrieden.

Paula seufzte.

Sie ging zum Kühlschrank. Abendbrotzeit. Ein paar Schnittchen für den jungen Poppinga und sie, eine leichte Haferschleimsuppe für den Alten.

*

Winfried war fast ohnmächtig vor Wut.

Am liebsten hätte er den Alten in seinem Bett geschüttelt, gewürgt, ihm ein Messer ins Herz gerammt oder ihm die Kehle durchtrennt – all das, was er schon als Jugendlicher tausendmal in seinem Kopf durchgespielt hatte.

Winfried, der Vatermörder.

Es war zum Verzweifeln: Rudolph Poppinga war trotz seiner körperlichen Schwäche bei hellwachem Verstand. Er weigerte sich beharrlich, einen Stift in die Hand zu nehmen. Keine einzige Vollmacht würde er unterschreiben!

»Was hat Mutter nur an dir gefunden?« Winfrieds Glutaugen brannten sich in die des Vaters.

»Sie hat gedroht, in den Fluss zu gehen, wenn ich sie nicht heirate«, stieß der Alte hervor.

»Und da …«

»Die dumme Kuh!«

»Aber immerhin hast du sie geheiratet!«

»Emilie war eine gute Partie.« Rudolph Poppinga hustete. Speichelfäden lösten sich von seiner Unterlippe.

»Du hast sie nie geliebt?

»Wozu?«

»Du musstest immerhin mit ihr leben! Hast einen Sohn mit ihr gezeugt …«

»Sie fiel mir auf die Nerven«, krächzte der Alte. »Ich habe es mir trotzdem schön gemacht.«

»Mit anderen Frauen?«

»Was sonst.«

Winfried schwieg.

Wie konnte ausgerechnet dieser Mann einem anderen Menschen vorwerfen, habgierig zu sein? Die Frage, ob sein Vater ihn jemals geliebt hatte, sparte er sich.

Weniger denn je konnte er es sich vorstellen.

*

Während Paula die Flocken in die kochende Milch schüttete, wurde es in der Diele plötzlich laut.

Sie zog den Topf von der Herdplatte. Neugierig öffnete sie die Küchentür einen Spalt weit.

Winfried stand bebend in der Diele und brüllte ins Schlafzimmer: »Es ist das Eigentum meiner Mutter! Und du nennst mich einen Erbschleicher, ausgerechnet du!«

Der Alte erwiderte etwas, das Paula nicht verstehen konnte.

»Ich hetze dir meine Anwälte auf den Hals! Ich lasse dich entmündigen, du bist doch nicht klar im Kopf!«

Winfried rauschte an ihr vorbei. Dann schlug die Haustür zu.

Nachdenklich füllte Paula den Haferschleim in einen tiefen Teller, stellte ihn zusammen mit einem Löffel, Lappen und Geschirrtuch auf ein Tablett.

Der Alte lag matt in seinem Bett.

»Jetzt stärken wir uns erst einmal. Essen beruhigt.«

Sie stopfte Herrn Poppinga zwei zusammengerollte Kissen in den Rücken. Dann band sie ihm das Geschirrtuch als Serviette um den Hals und schob den Stuhl ans Bett, der etwas von Winfrieds Körperwärme gespeichert hatte. Sie setzte sich und rückte dicht an den Alten heran.

»Die Brut kriegt nichts«, knurrte Herr Poppinga.

Sie beugte sich ein Stück vor, um den Alten zu füttern. »Es gibt doch aber ein Testament, Herr Poppinga, nicht wahr? Wollen Sie es ändern?«

Mit einer erstaunlich behänden Geste schleuderte Herr Poppinga den Breiteller aus Paulas Hand. »Vergiftet!«, krächzte der Alte.

Unbeschadet und beinahe lautlos landete das Porzellan auf dem dicken Perserteppich. Haferschleim schwappte über den Tellerrand. Die zähe hellgraue Flüssigkeit machte sich gar nicht mal so schlecht auf dem orientalischen Muster, fand Paula. Sie zwang sich dazu, Ruhe zu bewahren.

»Und noch etwas, Herr Poppinga: Der Schmuck, den ich bekommen soll, wo ist er?«

Er winkte sie näher zu sich heran. »Habgieriges Luder!«

Sie blickte angestrengt auf das Teppichstück, in dem der Schleim langsam versickerte.

»Du sollst die Klunker haben …«, änderte der Greis seine Meinung.

Skeptisch zog Paula die Augenbrauen hoch.

Poppinga japste nach Luft. »… wenn ich nicht mehr bin.«

»Sie müssen es mir schriftlich geben, sonst wird es Winfried niemals glauben«, sagte sie.

Der Alte kicherte heiser. »Nach mir die Sintflut. Haut euch doch die Köpfe ein.« Das Glucksen steigerte sich zum heiseren Lachen und endete in einem Hustenanfall.

Verschluck dich an deiner eigenen Lache, du jämmerliche Figur! Paula hatte die Nase voll. Aufgebracht verließ sie das Zimmer.

Und die Pampe auf dem Perser musste sie auch noch entfernen!

Als sie den Putzlappen aus der Küche holte, fiel ihr Blick auf die Pillen auf der Anrichte. Dr. Kolbe hatte angeordnet, Rudolph Poppinga solle zwei davon nach dem Abendessen und zwei weitere morgen früh einnehmen.

Pustekuchen, dachte sie.

Rudolph Poppinga hatte nichts zu Abend essen wollen,

also bekam er auch keine Tabletten! Wenn es dem Alten schlecht ging, so hatte er es verdient.

Sie packte die Tabletten, marschierte damit zum WC, pulte die Pillen aus ihrer Aluminiumverpackung. Eine nach der anderen landete in der Kloschüssel. Dann drückte Paula auf die Spülung.

Ein sprudelnder Sog riss die Medikamente mit sich in die Tiefe.

13.

Winfried wurde von einem unwiderstehlichen Harndrang geweckt, der ihn daran erinnerte, dass sein fünfzigster Geburtstag näher rückte. Handelte es sich bereits um das Prostata-Leiden älterer Männer, was ihm immer häufiger den Schlaf raubte?

In seinem ehemaligen Jugendbett – die Matratze gesättigt mit Spuren feuchter Jungenträume – lag warm, weich und eng an ihn geschmiegt Silke Drösel. Nach einem gemeinsamen Abendessen in einem hübschen italienischen Restaurant in der Nähe, und nachdem sie viel zu viel Rotwein getrunken hatten, waren sie in einem Taumel von Rausch, Müdigkeit und Geilheit auf das Liebeslager gesunken. Es war ganz schön stürmisch zugegangen, aber nun atmete die leidenschaftliche Geliebte gleichmäßig und ruhig. Sie schlief fest.

Leise schlüpfte er aus dem Bett. Im Dunkeln tastete er sich zum Badezimmer am Ende des Flurs. Aus dem Gästezimmer drangen sägende und pfeifende Geräusche.

*

Nacht für Nacht schnarchte Paula Adam sinfonisch.

Heute schlummerte die Altenpflegerin mit Oropax, die sie sich anstandshalber in die Gehörgänge gepfropft hatte, als Silke und Winfried gegen Mitternacht angeheitert in der Villa eingetroffen waren. Das Jugendzimmer, in dem das Paar sein Nachtquartier bezogen hatte, lag nebenan. Die Wände waren zwar nicht aus Papier, aber Paula wusste, zu welchen Ausbrüchen die Ekstase zu treiben vermochte.

Vor dem Schlafen hatte Paula in einer bunten Illustrierten geblättert und sich am Leben der Prominenten, Reichen und Schönen ergötzt. Jetzt träumte sie von der großen Welt. Sie urlaubte auf einer tropischen Insel. Ein buntes Seidentuch umschmeichelte Paulas Hüften, während sie sich am Swimmingpool eines First-Class-Hotels entspannte und blaue Cocktails durch den Strohhalm schlürfte. Ein Kerl, knusprig gebräunt wie der Zucker auf einer gut gelungenen Crème Brulée, himmelte sie dabei an …

*

Im Erdgeschoss lag Rudolph Poppinga in seinem Bett und quälte sich. Sein Mund war trocken wie Schmirgelpapier. Der Brustkorb schmerzte grauenhaft. Er fühlte sich klebrig. Abwechselnd war ihm heiß und kalt.

Wie gerne wollte er endlich Schlaf finden.

Warum war er nur Hanspeter Kolbes Rat gefolgt, das Krankenhaus zu verlassen? Die Nachtschwestern hätte er auf Trab halten können. Er war Privatpatient.

Wo blieb Paula? Es war ihre verdammte Aufgabe, bei ihm zu sein und über ihn zu wachen. Dafür wurde sie bezahlt – und zwar nicht zu knapp. Basta.

Er wälzte sich hin und her, rief nach seiner Pflegerin. Doch wieder drang nur ein Krächzen aus seiner Kehle. Noch einmal nahm er seine ganze Kraft zusammen.

Rudolph Poppinga schrie – ja, dieses Mal gelang es etwas besser, dachte er, und rang erschöpft nach Atem.

»Alter, halt die Klappe!«

Es war ein schwarz-weißer Dämon, der zu ihm sprach und sich drohend über ihn beugte. Rudolph Poppinga wusste sofort: Es war der Tod, der ihn holte.

Er spürte die Enge in seiner Brust, japste nach Luft und war plötzlich froh, als der Gevatter ihn endlich mitnahm.

*

Erst im Badezimmer schaltete Winfried das Licht ein. Schläfrig setzte er sich auf die Kloschüssel. Lauschte seinem tröpfelnden Harnstrahl hinterher. Starrte mit leerem Kopf gegen die Keramikwand. Trauriges Moosgrün! Dann und wann unterbrochen von einer mit Gräsern bemalten Kachel. Winfried zählte die Motivkacheln. Bevor er zu einem Ergebnis gelangte, ließ ihn ein kläglicher Laut aufhorchen, der schwach ins Badezimmer drang.

Dann war es wieder still.

Vielleicht hatte er sich geirrt.

Winfried konzentrierte sich erneut auf seine Blase.

Anstatt nach dem Händewaschen auf direktem Weg ins warme Bett zurückzukehren, schlich er die knarzenden Stufen ins Erdgeschoss hinunter. Durch das Flurfenster fiel Mondlicht ins Treppenhaus. Auch in der Diele war es nicht gänzlich dunkel. Im Zimmer des Alten brannte Licht.

Was Winfried im Schein der Nachttischlampe sah, konnte er zunächst nicht fassen. Wie magnetisch angezogen näherte er sich dem Bett. Er stolperte über ein herumliegendes Kissen, fluchte leise und hob es auf. Sein Blick richtete sich gebannt auf das Antlitz seines Vaters.

Die Augen von Rudolph Poppinga standen weit offen, der Blick war leer.

Der Alte war tot. Endlich.

Die Bettdecke war halb vom Bett gerutscht, das Laken zerwühlt. Winfried sah, dass sich das Nachthemd des Alten bis zum Bauch hochgeschoben hatte. Es war kein ästhetischer Anblick. Er drehte sich weg.

Ein unglaubliches Glücksgefühl durchflutete ihn. Einen Moment wurde er von einem lautlosen Lachanfall geschüttelt. Dann fasste er sich wieder.

Sollte er die anderen im Haus wecken?

Doch wozu? Sein Vater war ja nicht Queen Elizabeth oder der Papst. Die Nachricht seines Todes würde nicht um die Welt gehen.

Im Gegenteil. Vermutlich waren nur wenige Leute daran interessiert, und noch weniger Menschen würden bedauern, dass Rudolph Poppinga verblichen war.

Winfried gähnte herzhaft. Er legte das Kissen auf den Stuhl neben dem Bett. Ein Blick auf seine Armbanduhr zeigte ihm, dass es erst drei Uhr fünfundzwanzig war. Noch eine Mütze voll Schlaf konnte nicht schaden, entschied er.

Als er das Zimmer verlassen wollte, erschrak er. Im Türrahmen stand Silke.

»Was hast du getan?«, flüsterte sie.

»Es ist nicht so, wie es aussieht.«

Silke starrte ihn an.

Mit der Inbrunst einer Naturgewalt warf sie sich in Winfrieds Arme. Wie entfesselt begann sie ihn zu liebkosen. »Liebster, du brauchst nichts zu befürchten, ich werde nichts verraten …«

Er wollte protestieren, die Situation erklären, ihren Verdacht ausräumen, aber Silke verschloss ihm den Mund mit innigen Küssen.

*

Winfried schlief schnell wieder ein. Doch Silke lag noch bis zum Morgengrauen wach. Sie war damit beschäftigt, die letzte Schlappe, die sie sich von einem männlichen Artgenossen hatte einbrocken lassen, in ihrem Gedächtnis zu verschließen, wie eine Auster die Perle verbirgt. Und wo sie gerade dabei war, tilgte sie auch gleich noch das Teufelchen, das sie neulich geritten hatte …

Vergessen. Vorbei.

Jetzt war es an der Zeit, Zukunftspläne zu schmieden: Ein entzückendes historisches Townhouse in London, Winfried und sie, die geschäftlichen Sorgen überwunden, drei süße Babies – Familienglück pur.

In diesem Moment war Silke ganz sicher: Ihre Träume würden sich erfüllen.

Sie hatte Winfried in der Hand.

Um sechs Uhr zweiunddreißig durchdrang ein spitzer Schrei die Villa.

2. Tag, Donnerstag

1.

Paula bekam keinen Bissen ihres Frühstücks hinunter.

Der Anblick des Toten war ihr auf den Magen geschlagen. Nach dem Aufstehen hatte sie Herrn Poppingas Leiche entdeckt.

Leere Augen, schreckensstarr. Das Nachthemd hochgeschlagen, die Inkontinenz-Windel freigelegt. Leblose, spindeldürre, blau geäderte Beine ...

Es gab eine Würde der Toten, und die hatte Paula wiederhergestellt, indem sie Rudolph Poppingas Augen zugedrückt, das Nachthemd geordnet und die Bettdecke bis zu seiner Brust hochgezogen hatte.

Danach hatte sie Dr. Kolbe benachrichtigt, der sich jetzt im Schlafzimmer aufhielt und die Leiche untersuchte.

Missmutig musterte Paula den frisch gebackenen Erben, der ihr gegenüber am Tisch saß. Der junge Poppinga löffelte sein Frühstücksei mit sichtlichem Appetit. Neben ihm Silke, umgeben von einer Aura der Glückseligkeit.

Winfried Poppingas Reaktion auf das Ableben seines Vaters war ziemlich kaltschnäuzig ausgefallen. Man hätte meinen können, er habe Geburtstag, so freudestrahlend wirkte er an diesem Morgen. Dass er Trauer nicht einmal ansatzweise heuchelte, fand Paula ziemlich pietätlos.

Wenn auch verständlich.

Winfried Poppinga stand eindeutig auf der Gewinnerseite, während Paula ihre Felle davonschwimmen sah. Der so sehr begehrte Schmuck schien für sie verloren zu sein. Gerne hätte sie sich von Jaroslaw trösten lassen. Sie hatte ihn bereits mehrfach erfolglos anzurufen versucht. Leise seufzend köpfte Paula ihr hart gekochtes Ei.

»Winnie, möchtest du noch etwas Süßes?« Silke legte den Kopf schief.

»Später, Darling, jetzt hätte ich gerne den Honig«, säuselte der junge Poppinga.

Silke nippte selig an ihrem Kräutertee.

Paula fühlte sich überflüssig.

Um etwas zu tun, griff sie nach dem Salzstreuer und würzte ihr Ei, obwohl sie genau wusste, dass sie es nicht essen würde.

Erst als Dr. Kolbe, seinen großen Arztkoffer in der Hand, in die Küche schlurfte und sich zu der kleinen Runde gesellte, fühlte sie sich wohler.

»Kaffee oder Tee, Herr Doktor?«, fragte Paula.

Dr. Kolbe ließ sich auf den Küchenstuhl sinken. »Herzstillstand«, sagte er traurig.

Silke lächelte Winfried an.

»Altersschwäche«, fügte Dr. Kolbe hinzu.

Paula atmete auf.

»Mein Vater hatte einen guten Lebensabend, Dr. Kolbe«, sagte Winfried. »Er hat seinen letzten Willen bei Ihnen hinterlegt? Ich möchte nicht drängeln, aber ich muss morgen nach London zurück. Sie werden es verstehen, ich brauche Gewissheit über die Höhe des Erbes.«

»Tatsächlich«, sagte der Doktor, »Rudolph hat mir sein Testament zur Aufbewahrung anvertraut.«

»Ich würde die Sache gerne umgehend klären. Wenn Sie also den Totenschein ausstellen würden und wir uns dann zusammensetzen könnten? Vielleicht heute Nachmittag?«

»Zunächst muss ich einen Brief lesen, den mir Rudolph für seinen Todesfall ausgehändigt hat. Erst nach dieser Lektüre darf ich das Testament beim Amtsgericht abliefern. So hat es dein Vater angeordnet«, erklärte Dr. Kolbe. Er lächelte versonnen. »Rudolph war schon immer für Überraschungen gut.«

»Bitte rufen Sie mich sofort an, lieber Doktor, sobald Sie mehr wissen.«

»Natürlich ...« Hanspeter Kolbe öffnete seine große, schwarzlederne Arzttasche und kramte einen Stift und ein dickes Formular mit vielen Durchschlägen hervor.

Winfried erhob sich vom Stuhl: »Dr. Kolbe, Paula – Sie entschuldigen mich, ich ziehe mich ins Arbeitszimmer zurück.« Er beugte sich zu Silke und gab ihr einen Kuss. »Bis später, Darling«, raunte er.

Dr. Kolbe widmete sich dem Papierkram.

Paula goss sich Kaffee in die Tasse. Sie wandte sich an ihre Nichte: »Das ist aber sehr schnell gegangen mit dir und Poppinga Junior.«

»Liebe auf den ersten Blick«, strahlte Silke.

»Die ist ungefähr so sicher wie eine Diagnose nach dem ersten Händedruck«, murmelte Dr. Kolbe.

»Sind Sie ein gebranntes Kind, Herr Doktor?«, fragte Paula.

Der Doktor blickte vom Formular auf und Paula tief in die Augen. »Seit fünfunddreißig Jahren leide ich unter den Folgen, Paula. Leider gibt es kein Gegengift für die akute Phase. Und dann wird die Sache ganz schnell chronisch.« Leise, und eher zu sich selbst sprechend, fuhr er fort: »Und so hat der Tod doch auch immer etwas Tröstliches. Endlich muss man nicht mehr an den Folgen seiner Fehlentscheidungen, zu vieler verpasster Gelegenheiten und verkorkster menschlicher Beziehungen leiden. Man befreit sich aus einem Körper, der ungemütlich geworden ist, ebenso wie aus einem Leben, das wie ein alter Anzug zu eng, zu groß, zu weit, zu fadenscheinig ist. Ganz einfach nicht mehr passt.«

»Dunkle Worte, Doktor«, sagte Silke.

»Wenn man so jung ist wie Sie, kann man das nicht verstehen«, sagte Dr. Kolbe.

»Ich begreife es besser, als Sie es sich vorstellen können«, sagte Silke. »Todessehnsucht ist mir nicht fremd, wissen Sie.«

»Meine Güte, gleich werde ich depressiv.« Paula machte sich daran, das Frühstücksgeschirr abzuräumen. Es störte sie nicht, ungemütliche Geschäftigkeit zu verbreiten. Dr. Kolbe verstand den Wink. Er verabschiedete sich höflich.

»Silke, meinst du wirklich, dass der junge Poppinga gut für dich ist?«, fragte Paula vorsichtig.

»Jedenfalls nicht schlechter als jeder andere«, sagte Silke.

Paula runzelte die Stirn. »Immerhin, er ist geschieden und außerdem strahlt er so etwas Playboyhaftes aus ...«

Silke musste über den naive Argumentation ihrer Tante lächeln. »Wenn es danach geht: Jede dritte Ehe scheitert. Und wenn ich mich richtig erinnere, bist du sogar zweimal gescheitert, liebe Paula ...«

»Deshalb weiß ich doch, wovon ich spreche. Kind, es bringt überhaupt keinen Spaß, sich einen Mann mit einer anderen teilen zu müssen«, sagte Paula.

2.

Die große Arzttasche fest in der Faust, der Kopf nach vorn geschoben – dem restlichen Körper immer ein Stück voraus, als wolle das Gehirn nichts mit dem Rest zu tun haben –, der Rücken rund, spazierte Dr. Kolbe nach Hause. Der Arzt wohnte mit seiner Frau Marieluise in einer Reihenhaussiedlung. Sie hatten jung geheiratet. Vier schnell nacheinander geborene Kinder standen zwar mittlerweile – endlich – auf eigenen Füßen, doch hatten sie bis zum Ende ihrer Studienzeit durchgefüttert werden müssen. Große finanzielle Sprünge waren da nicht zu machen gewesen. Auch klebte der eine oder andere Makel an Dr. Kolbes fachlichem Ruf als Hausarzt. Im Laufe der Jahre war ihm nicht alles gelungen. Jede Fehldiagnose sprach sich ebenso flugs wie gnadenlos herum und prägte sich über Generationen ins kollektive Gedächtnis ein. Das hatte nicht gerade zu einer Verbesserung der finanziellen Einnahmen der Familie Kolbe geführt.

Der Wind pfiff aus Nordost empfindlich kühl um die Ecken. Der Doktor nestelte mit der freien Hand am Wollschal. Ein Weihnachtsgeschenk seiner Frau, selbst gestrickt. Kratzig.

Hanspeter Kolbe sank noch ein bisschen weiter in sich zusammen, während er einen Fuß vor den anderen setzte.

Winfried Poppinga hatte völlig erleichtert über den Tod des Vaters gewirkt. Hanspeter Kolbe verstand diese Empfindung aus tiefstem Herzen. Satt bis oben hin hatte auch er den Alten gehabt.

Der Irrsinn hatte vor dreißig Jahren seinen Anfang genommen: Emilie Poppinga drehte eines Tages den Gashahn auf, und er diagnostizierte in Absprache mit Rudolph eine natürliche Todesursache. Beide Männer verband ein Interesse daran, den Selbstmord zu vertuschen. Rudolph Poppinga wollte das Gerede der Leute vermeiden. Es gab Gerüchte, er würde seine Frau betrügen und schlecht behandeln. Er wusste, man würde ihm die Schuld an Emilies Selbstmord geben. Und Hanspeter Kolbe schämte sich, weil er die Depressionen falsch eingeschätzt hatte. Er fürchtete, seinen guten Ruf als Arzt zu ruinieren, noch bevor er richtig Gelegenheit haben würde, ihn sich aufzubauen. Nach Emilies Tod hatte ihn Rudolph Poppinga wie einen besten Freund vereinnahmt. Lächerlich!

Er runzelte die Stirn, während er in seine Wohnstraße einbog.

Hanspeter Kolbe wusste, was eine freundschaftliche

Beziehung ausmachte: Loyalität und Vertrauen, Zuneigung und gegenseitiger Respekt, Großzügigkeit und Offenheit. Davon hatte einer wie Rudolph Poppinga keine Ahnung gehabt. Trotzdem war es Kolbe über all die Jahre hinweg gelungen, sich mit dem Egozentriker Poppinga zu arrangieren. Es war klüger, Rudolph als Freund denn als Feind zu haben.

Poppingas Unverwüstlichkeit hatte den Doktor ebenso beeindruckt wie diese erstaunliche Flexibilität, sich auf immer neue Krankheitssymptome einzustellen und sie mit eisernem Willen zu ignorieren. Doch schließlich war auch der Alte mürbe geworden wie ein poröses Gummiband. Von einer geldgeilen Altenpflegerin nur körperlich umsorgt, von den Mitmenschen, um die er sich nie bemüht hatte, vergessen oder gemieden, war ihm der Mangel an seelischem Beistand plötzlich bewusst geworden. »Hanspeter, kümmere dich um mich«, hatte er gebettelt. »Ich werde dich reich dafür entlohnen.«

Hanspeter Kolbe rieb sich in Gedanken die Hände und öffnete die Pforte zum Vorgarten seines Reihenhäuschens.

In ein paar Tagen würde von Poppingas Körper nur noch ein Verbrennungsrückstand existieren.

3.

Der Herbstwind schickte Böen sauerstoffhaltiger Herbstluft ins Büro. Carola Karberg musste die von Kollegen dort abgelegten Notizzettel festhalten, als sich die Tür öffnete und Lars Thede ins Zimmer rauschte.

»Es zieht«, sagte die Hauptkommissarin.

Thede, noch ungebremst, eilte zum Fenster und schloss es.

»Ich habe eben mit Silke Drösels Nachbarn gesprochen«, sprudelte er hervor, »einer von ihnen schwört Stein und Bein, dass er die Drösel am Mordtag, abends gegen 20 Uhr, mit dem Auto hat wegfahren sehen!«

»Kann der Zeuge sagen, wann sie wieder nach Hause gekommen ist?«, fragte Carola Karberg.

»Nein. Die Drösel hat uns eindeutig angelogen. Von wegen, den ganzen Abend zu Hause verbracht ...« Thede zog sich seine Lederjacke aus. »Die Frau Lehrerin knöpfen wir uns noch mal richtig vor.«

Carola Karberg dachte nach. Der Mordfall sah nach einem Eifersuchtsdrama aus. Die Frage war, welche der beiden Frauen den wankelmütigen Arne umgebracht hatte. Aber solange sie nichts Genaues wussten, mussten sie auch weiterhin in andere Richtungen ermitteln.

»Ich möchte mit diesem auskunftsfreudigen Kollegen von Goldbek sprechen«, sagte sie. »Wie war noch sein Name? Gib mir mal seine Büronummer.«

»Stig-Sebastian Hansen.« Lars Thede überreichte ihr einen gelben Post-it-Zettel.

4.

Wo steckte Jaroslaw?

Noch weigerte sich Paula, die logische Erklärung für seine Abwesenheit zu akzeptieren. Noch wollte sie nicht wahrhaben, dass ihr Liebhaber sie ausgenutzt und mit fast zehntausend D-Mark das Weite gesucht hatte.

Seit einer halben Stunde starrte sie aus dem Schlafzimmerfenster hinunter auf ihre Wohnstraße und brütete vor sich hin. An Werktagen waren die Parkplatzreihen vormittags gelichtet. Paulas Blick schweifte immer wieder über eine überschaubare Anzahl von Fahrzeugen: Kleinwagen, Familienkutschen und ein klappriger Kleinbus.

Jaros Schrottkarre war nicht darunter.

Sie seufzte.

Nachdem sie von Silke zu Hause abgesetzt worden war, hatte sie an Jaroslaws Wohnungstür geklingelt. Vergeblich. Minutenlang hatte sie ihr Ohr fest an seine Tür gepresst, dann war sie die stümperhafte Abhöraktion leid gewesen.

So konnte es nicht weitergehen …

Paula raffte sich aus dem bequemen Sessel auf, schlüpfte in ihre Pantoffeln und verließ die Wohnung.

Helene Raiser öffnete prompt. Mit ungelenken Fingern knöpfte sie an ihrem Mantel herum. »Guten Morgen, Paula, was gibt es? Ich hab nur ein Minütchen.«

»Hast du Jaroslaw gesehen? Ist heute nicht Kaffeeklatsch?«

»Den Enno Röpers hab ich beim Brötchenkaufen heute Morgen getroffen.« Helene Raiser griff nach ihrer braunen Umhängetasche. »Du, der schludert ganz schön über dich herum.«

»Hat er auch etwas über Jaroslaw gesagt?«, fragte Paula ungeduldig.

»Röpers hat gemeint, du schnüffelst immer im Sperrmüll herum und ...«

»Helene!«

»Aber, Paula, du kennst doch den Röpers.«

Paula verdrehte die Augen. »Ich will jetzt wissen, wo Jaroslaw ist!«

»Röpers sagt, du bist gestern mit Jaroslaw in deiner Wohnung verschwunden ...«

Paula wandte sich resigniert ab.

»Warte!« Helene trat neben Paula in den Flur hinaus. Sie senkte die Stimme: »Er ist verreist.«

»Wohin?«

Helene schob sich in aller Seelenruhe die Kappe zurecht. »Ich kann nicht zum Kuchenessen kommen, hat er gesagt. Ganz höflich. Ganz lieb.«

»Und?«

»Ich frage ihn enttäuscht: Warum? Da sagt er: Ich muss dringend verreisen.« Helene knotete ihren Schal.

»Wohin denn nun?«, drängelte Paula.

»Plotsch, Plonsk, Plotzek. So was Polnisches eben.«

»Was will er da, Herrgott?«

Helene schloss umständlich ab, bevor sie eine weitere Information preisgab: »Familienaffäre.«

»Sei doch nicht so maulfaul!«, fauchte Paula entnervt.

Ungerührt wogte Helene in Richtung Fahrstuhl. Dann rief sie über ihre Schulter hinweg: »Mehr hat er nicht gesagt!«

5.

Melanie und ihre Schwiegermutter saßen im Wohnzimmer der Goldbeks. In dem eleganten Corbusier-Sessel-Imitat aus schwarzem Leder und Stahlrohr wirkte Ilsa Schott seltsam deplaziert. Sie trug ein kornblumenblaues, formloses Kleid mit ausgebeulten Taschen und hatte sich einen lila Schal um den Hals geschlungen.

Ilsa Schott war einmal eine sehr schöne Frau gewesen, das konnte jeder erahnen. Heute war sie eine aufgedunsene Endsechzigerin. Die matt gewordenen Augen waren in dicke Tränensäcke gebettet. Ihre Wangen hingen schlaff herunter wie bei einem Bernhardiner. Die einst feinen Züge verschwammen in den sich auflösenden Gesichtskonturen.

Melanie Goldbek fand es peinlich, mit ihrer Schwiegermutter gesehen zu werden. Bei Arnes Beerdigung würde es sich natürlich nicht vermeiden lassen, aber danach wollte Melanie die sowieso schon seltenen Zusammenkünfte mit Ilsa noch weiter reduzieren. Auch wenn Tristan dagegen protestieren würde. Egal.

Dabei war es nicht einmal so, dass Melanie ihre Schwiegermutter nicht mochte. Die beiden Frauen hatten sich nur einfach nicht viel zu sagen. Melanie arbeitete freiberuflich als Maskenbildnerin für *Studio Hamburg*. Sie fühlte sich in der Welt der Show- und Fernsehstars heimisch und liebte den schönen Schein und den Glamour über alles. Ilsa Schott dagegen war ein naturverbundener, geerdeter Mensch, der prächtig in das pittoreske Bauernhäuschen mit dem großen Garten auf der Insel Norderney passte, in dem sie ungespritztes Gemüse und Obst anbaute. Melanie fand ihre Schwiegermutter sterbenslangweilig. Das einzig Skandalöse in Ilsas Leben schien die uneheliche Geburt von Arne gewesen zu sein. Bis heute hütete sie das Geheimnis, wer der leibliche Vater war. Melanie kannte die Geschichte nur bruchstückhaft.

Als Arne dreizehn war, hatte Ilsa den Tischler Heinz Schott geheiratet. Die Ehe hielt nur kurz. Ilsa nahm die Stelle als Haushälterin von Rudolph Poppinga an und wohnte gemeinsam mit ihrem Sohn in dessen Haus. Nach Melanies Einschätzung hatten ihre Schwiegermutter und der alte Knabe ein Verhältnis miteinander gehabt. Doch Arne hatte von diesem Verdacht nie etwas wissen wollen. Seine Mutter doch nicht!

»Noch Kaffee?« Melanie griff nach der Thermoskanne auf dem Glastisch.

Ilsa Schott zuckte zusammen.

»Letzten Sonnabend war Arne noch so guter Dinge. Fröhlich wie immer. Er hat nichts von einer Bedrohung geahnt, da bin ich mir sicher.« Ilsa schluchzte auf. Sie zog ein feuchtes Stofftaschentuch hervor.

Angeekelt schob Silke ihrer Schwiegermutter ein Päckchen Tempos über den gläsernen Couchtisch zu. »Er hat dir wirklich nichts von seiner Geliebten erzählt?«

»Kein Sterbenswort.« Ilsa biss sich gequält auf die Lippen. Dann sagte sie kleinlaut: »Er hat mich nur gebeten, dir gegenüber zu behaupten, dass er die Nacht bei mir verbracht hat.«

Melanie zog eine Augenbraue hoch. »Und du hast dir überhaupt nichts dabei gedacht?«

Ilsa schüttelte trotzig den Kopf.

»Du hast schon öfter für ihn gelogen, oder?«, bohrte Melanie weiter.

»Ich habe ihn geliebt! Er war mein Augapfel. Mein Ein und Alles. Das würdest du für Tristan auch tun!« Wieder brach Ilsa in Tränen aus.

»Silke Drösel, dieses Flittchen, hat ihn auf dem Gewissen«, sagte Melanie eindringlich.

»Bist du sicher?«

»Sie hat es nicht verkraftet, dass er sich für mich und Tristan entschieden hat.«

Ilsa sah ihre Schwiegertochter tränenverschwommen an: »Wir müssen diese Frau zur Rede stellen. Unbedingt. Hörst du?«

6.

Winfried Poppinga war auf dem Weg zum Beerdigungsinstitut Einhalt und Söhne. Er genoss den Spaziergang an der kühlen Luft. Der Herbstwind fuhr in sein Haar und wirbelte es durcheinander. Der Tag fühlte sich nach Frische und Neuanfang an, und das passte zu seinen Empfindungen.

Die Ära Poppinga hier im Ort war endgültig vorbei. Winfried würde die Villa verkaufen. Entweder an einen Liebhaber repräsentativer Bauten, der einen guten Preis dafür zu bezahlen in der Lage war, oder an eine Baufirma, die auf dem Filetgrundstück am Kurpark vielleicht ein Appartementhaus errichten würde. An den Ort seiner Kindheit und Jugend wollte Winfried nie wieder zurückkehren. Dieses unerfreuliche Kapitel war endlich abgeschlossen.

Sein Vater sollte eingeäschert werden. Der Sarg würde schlicht sein und günstig. Wozu mehr Geld ausgeben als nötig? Sollten die Leute ruhig lästern – falls überhaupt welche zur Beerdigung erschienen, was sich Winfried kaum vorstellen konnte.

Gut gelaunt warf er einen Blick auf sein Mobiltelefon.

Sechs Anrufe von Katrin aus der Agentur waren aufgelaufen. Er rief in London an.

»Ruhig Blut, Chef«, mahnte Katrin Großkötter, doch ihre eigene Stimme klang heute alles andere als unaufgeregt. »Schlechte Nachrichten: Bo Johnson-Fullerton hat gerade bei der *FYO-Agency* unterschrieben. Der Bastard wollte uns nur als weiteres Eisen im Feuer behalten ...«

»Shit.«

»Und der Auftrag für die Windelwerbung ist auch geplatzt. *FYO* hat ihn gekriegt. Das ist doch der Gipfel, oder?«

»Schweinerei!«

»Winfried?«, fragte Katrin vorsichtig, »kriegst du das Geld für die Gehälter zusammen? Ich hab schon mit den anderen geredet, bis auf Carolyn würden alle noch einen weiteren Monat warten, wenn die Stellen sicher sind ...«

»Das ist lieb von euch. Danke. Aber es sieht ganz gut aus. Macht euch keine Sorgen. Ich bekomme es hin.«

»Du hast Edwina immer noch nicht angerufen«, mahnte Katrin.

»Bye-bye, Katrinchen. Don't worry.«

Von der neuen Hiobsbotschaft würde er sich keineswegs den schönen Tag verderben lassen. So schlecht sah seine Lage doch gar nicht aus. Der dickste Brocken war geschafft worden. Das Erbe lag zum Greifen nahe.

Pomp and Circumstances von Edgar Elgar riss Winfried aus seinen Gedanken. Die Melodie tönte durch die Brusttasche seines Trenchcoats. Winfried nahm den Anruf an.

»Hi, Win«, meldete sich eine mädchenhafte Stimme, »ich bin's, Liza. Weißt du noch?«

»Natürlich! Liza! Wie schön!«

»Hast du Zeit und Lust, mich zu treffen?«

Winfried überlegte kurz. »Wo?«

»Vielleicht gehen wir zusammen etwas essen ...«

»Gerne. Ich kenne ein schickes Restaurant mit Blick auf die Speicherstadt.«

»Was hältst du davon, wenn wir uns schon nachmittags treffen? Ich brauche ein neues Kleid. Du könntest mich beraten.«

Winfried merkte, er freute sich ehrlich auf die junge Frau. »Liza, du überraschst mich. Ich habe nicht damit gerechnet, dass du dich bei mir melden würdest, ehrlich gesagt.«

Sie kicherte. »Unterschätze deine Wirkung auf Frauen nicht, Win.«

Sie vereinbarten, sich nachmittags am Hamburger Rathausmarkt in einem Café zu treffen. Winfried blieb lächelnd mitten auf dem Fußweg stehen. Das Mädchen gefiel ihm. Sie passte perfekt zu seiner momentanen Stimmung: leicht wie ein Soufflé. Nicht schwer wie eine Bohnensuppe. Oder wie Baked Beans, dieses schwer verdauliche Dosengericht in Tomatensauce, das die Engländer so liebten.

Winfried schauderte es.

Geistige Blähungen verursachte ihm die Erinnerung an Silke Drösels überschwängliches Gehabe. Die Lehrerin zog Probleme an, das spürte er jetzt ganz deutlich. Kurzum: Die Verabredung mit ihr musste ausfallen. Irgendeine Ausrede würde ihm schon einfallen.

7.

»Frauen regier'n die Welt...«

Silke sang laut und falsch zu Roger Cicero. Dabei fuhr sie rhythmisch mit dem Wedel aus Straußenfedern über die Regalreihen. Die Schmuckschatulle hatte ihr Plätzchen bei den Reisebildbänden gefunden.

Es war erstaunlich: Eins hatte sich zum anderen gefügt. Am frühen Morgen hatte sie in Winfrieds Reisekoffer, nun ja, herumgeschnüffelt. Eigentlich wollte sie einen von Winfrieds edlen schwarzen Slips als eine Art Fetisch an sich nehmen, doch dann war sie auf die Schmuckschatulle gestoßen und hatte sie, leihweise, eingesackt.

Ein Liebespfand. Bis zur Verabredung am Abend.

Als Paula das Schmuckkästchen erwähnt hatte, war Silke versucht gewesen, von ihrem Fund zu erzählen. Doch dann hatte sie beschlossen, das Geheimnis doch lieber für sich zu behalten.

Winfried war ein ganz besonderer Mann – so offen, so leidenschaftlich und so sensibel. Sie funkten einfach auf derselben Welle, waren wohl Seelenverwandte.

Winfried. Liebster. Solche Sehnsucht!

Sie drückte seine Handynummer in ihr Telefon.

Er nahm ab.

Sie schaute auf ihre Armbanduhr. »Noch sieben Stunden, dreizehn Minuten und fünfundvierzig Sekunden, bis wir uns wiedersehen!«, flötete sie.

Zögern am anderen Ende der Verbindung.

»Winnie – störe ich dich gerade?« Silke hörte im Hintergrund, wie Winfried sich entschuldigte. Wo steckte er? Wieso reagierte er so komisch? War er mit einer anderen Frau zusammen?

»Silke, ich bin gerade beim Bestatter.«

»Kein Problem. Du kannst mich zurückrufen.«

»Pass auf. Wo du gerade dran bist, kann ich es dir auch gleich sagen: Mit heute Abend wird es leider nichts. Mir ist ein wichtiger Geschäftstermin dazwischen gekommen.«

Silke schluckte. »Wo und mit wem?«

»Kennst du nicht … In Hamburg.«

»Abends? Das kann doch nicht so lange dauern. Du kannst danach zu mir in die Wohnung kommen. Wir machen es uns gemütlich.«

»Ja. Vielleicht.«

»Triffst du dich in einem Restaurant mit diesem Geschäftspartner?«

»In seinem Büro. Möglich, dass wir dann gemeinsam etwas essen gehen.«

Silke war schon zu oft von Männern enttäuscht worden, als dass ihre Alarmglocken nicht geläutet hätten. So ausweichend! So banal! So typisch! »Du scheinst dich ja nicht gerade nach mir zu verzehren«, sagte sie bitter.

»Silke! Es passt jetzt wirklich nicht. Lass uns einmal in Ruhe darüber sprechen.«

»Wann denn? Ich möchte dich sehen, Winnie. Dich spüren. Es war doch so schön mit uns heute Nacht …«

»Du, ich muss jetzt wirklich Schluss machen. Der Bestatter hat noch Fragen.« Er legte auf.

Silke konnte es nicht fassen. Winfried Poppinga wollte sie abservieren. War sie nur ein One-Night-Stand für ihn gewesen?

Sie spürte, wie ihr Blut in Wallung geriet. »Cholerikerin«, hatte ihre Mutter sie oft kopfschüttelnd genannt, wenn sie als Teenager mit Orkanstärke gegen ungerechte Behandlung rebelliert hatte. Bisher war Silke noch niemand begegnet, der ihren Gefühlsausbrüchen auf Dauer etwas Positives abgewinnen konnte. Silke legte eine CD mit Stones-Songs auf, drehte den Recorder auf volle Lautstärke und begann zu toben.

»Satisfaction«, röhrte sie.

Ja, sie begehrte Satisfaktion im Sinne von Vergeltung. Sie kramte die kitschige Big-Ben-Miniatur, ein Souvenir von einem London-Trip, aus einem dunklen Winkel des Küchenschranks und zertrümmerte sie, dann riss sie alle Bücher aus dem Regal, die sie – erst gestern – nach ihrem Tobsuchtsanfall vom Wochenende wieder eingeordnet hatte. Sie zerfetzte den Landhäuser-in-Südengland-Bildband, den sie vorhin durchgeblättert hatte, noch voller Illusionen über ihre Zukunft mit Winfried.

Verschwitzt ging sie in die Küche, trank eine Flasche Mineralwasser leer und holte sich aus dem Kühlschrank einen Gel-Beutel. Damit kehrte sie ins Wohnzimmer zurück. Sie legte sich, den Beutel auf der Stirn, aufs Sofa. Wie naiv sie doch immer wieder war! Glück mit einem Mann? Wie sehr hatte sie nach der Pleite mit Arne gehofft, endlich an den Richtigen zu geraten. Aber auch auf Winfried Poppinga war einfach kein Verlass.

Und dafür würde er büßen!

8.

Morgen, elf Uhr, hatte Hanspeter Kolbe gesagt.

Ilsa legte den Kopf in den Nacken und trank den doppelten Wodka in einem Zug leer.

Es fiel ihr schwer, die Gedanken zu sortieren: Arne, ihr einziges, geliebtes Kind, war das Opfer einer heimtückischen Bluttat geworden, und jetzt war auch noch Rudolph Poppinga gestorben.

Grauenhaft, wie schnell so ein Leben verging!

Es schien ihr noch gar nicht so lange her zu sein, dass sie mit rosigem Teint und naivem Jungmädchenblick bei Rudolph und Emilie Poppinga auf einer Feier Häppchen serviert hatte. Sie rechnete nach: Vor nunmehr zweiundvierzig Jahren hatte sie sich von dem Schwerenöter verführen und schwängern lassen. Und fünfzehn Jahre später – nach dem Tod von Emilie – war sie seine Haushälterin geworden.

Soweit er in seiner Selbstsucht dazu in der Lage gewesen war, hatte Rudolph sie wohl geliebt.

Sie griff nach der Wodkaflasche.

Die beiden wichtigsten Männer in ihrem Leben – tot.

Rudolph Poppingas wechselnde Launen hatten Ilsa zwar Kraft gekostet, doch dafür war die kribbelnde Spannung zwischen ihnen niemals erloschen. Mit Wehmut erinnerte sie sich an die gemeinsamen Reisen. Er hatte ihr die Welt gezeigt und in romantischen Momenten sogar zu Füßen gelegt. Und immer wieder hatte er sie mit großzügigen Gesten zu überraschen gewusst – bis zuletzt. Nur heiraten wollte Rudolph seine Haushälterin partout nicht. Inzwischen war Ilsa ihm sogar dankbar dafür. Als es mit ihm bergab ging, war sie nicht verpflichtet gewesen, an seiner Seite zu bleiben. Auch er bevorzugte es, sich in seiner Schwäche vor einer fremden Frau zu zeigen – nicht vor Ilsa. Mit seltenem Einfühlungsvermögen hatte er ihr erst im September, als sie sich als Urlaubsvertretung für Paula um ihn kümmerte, anvertraut: »Ich merke, dass du dich vor mir ekelst. Keiner versteht es besser als ich.«

Mit zitternder Hand füllte sie das leere Wasserglas bis zum Rand mit Wodka.

Prost!

Laut Hanspeter Kolbes Auskunft war Rudolph friedlich eingeschlafen. Morgen Vormittag würde Hanspeter das Vermächtnis verlesen. Das Nachlassgericht, das für die rechtskräftige Testamentseröffnung zuständig war, würde sich erst später an die Erben wenden. Noch bis vor Kurzem hätte Ilsa darauf gebrannt zu erfahren, ob Rudolph ihr etwas vermacht hatte. Jetzt war es ihr egal.

Noch ein Schluck! Wie wohltuend der Wodka in der Kehle brannte.

Das Leben ausgehaucht.

Leider hatten sich Arne und Rudolph nie gemocht. Wenn ihr Sohn gewusst hätte, wer sein leiblicher Vater war, hätte das irgendetwas verändert? Nein, wohl nicht, überlegte Ilsa. Vermutlich waren sich die beiden Männer in ihrer Impulsivität, ihrer Lebensgier und der mangelnden Sensibilität den Mitmenschen gegenüber zu ähnlich gewesen. Auch der Hang zur Tyrannei hatte sich bei Arne, seit er verheiratet war, gefährlich ausgeprägt. Ilsa hatte die Schwiegertochter darunter leiden sehen.

Nun, das war vorbei.

Hanspeter Kolbe war über Arnes Tod völlig schockiert gewesen. In der Zeitung habe er von der Kanalleiche in Hamburg gelesen, aber nie wäre er auf die Idee gekommen, eine Verbindung des toten Arne G. zu Ilsas Sohn zu ziehen, hatte er mit Tremolo in der Stimme gestottert. Niemals.

Ilsa lachte bitter auf. Viele Jahre war es für sie gut gegangen. Das Unglück hatte immer die anderen getroffen. Die Hungernden in Afrika, die Krieger in Afghanistan, die politisch Unterdrückten überall in der Welt, eingekerkert und jeder Menschenwürde beraubt. Das namenlose Heer der Unbekannten und deren Angehörigen eben. Aber auch: Ein dreizehnjähriges Mädchen, missbraucht vom eigenen Vater irgendwo in Deutschland. Die junge Frau aus der Nachbarschaft, die an Brustkrebs gestorben war, drei kleine Kinder und einen verzweifelten Mann hinterlassend. Ilsas Schulfreundin Gertraud, die an Multipler Sklerose erkrankt war und sich auf ein Leben im Rollstuhl einstellen musste …

Doch nun war das Leid unbarmherzig über Ilsa gekommen.

Gäbe es ihren Enkelsohn Tristan nicht, den sie noch ein bisschen vor den Gefahren der Welt beschützen wollte, soweit es in ihrer Macht stand, Ilsa hätte ihrem Leben ein Ende gesetzt.

Sie griff nach der Wodkaflasche.

*

»Hier bei Goldbek«, meldete sich Ilsa mit schwerem Kopf und noch schwererer Zunge am Telefon.

»Stig-Sebastian Hansen. Guten Tag. Ich möchte Melanie sprechen.«

»Moment.« Sie hielt das Telefon an ihre Brust und brüllte dreimal laut nach ihrer Schwiegertochter. Sie lauschte. Es blieb ruhig im Haus. Ilsa versuchte aufzustehen. Doch weil sie schwankte, ließ sie sich wieder aufs Ledersofa plumpsen.

»Die ist nicht da«, nuschelte sie in den Hörer.

»Sagen Sie, sind Sie vielleicht Arnes Mutter?«, fragte die Stimme am anderen Ende der Leitung.

Der Mann äußerte höflich sein Beileid. Er erzählte, dass er ein Kollege und Freund von Arne gewesen sei.

»Als mir Arne das erste Mal von Silke Drösel erzählt hat, habe ich ihm sofort geraten: Lass die Finger von der Frau. Ich hab ihm klar gesagt, er könne es Melanie einfach nicht antun. Eine Affäre mit Tristans Klassenlehrerin – ich bitte Sie! Heute mache ich mir die schwersten Vorwürfe. Aber ich habe Arne einfach nicht abhalten können.«

Ilsa ließ ihn erzählen – er war einer dieser Endlosplauderer, die kein Gefühl für ihre Gesprächspartner besaßen – bis sie auf einmal hellhörig wurde. Ilsa hatte das Gefühl, schlagartig nüchtern zu sein.

»Am Montag haben wir beide dann sehr lange gearbeitet. Wir hatten viel zu tun. Arne hatte einige Fehlzeiten, und ich wollte ja einen Tag fürs Angeln frei haben. Das war übrigens heute. Habe ich Ihnen schon erzählt, dass ich vorhin auf der Ostsee sechs Dorsche und …«

»Sie wollten mir gerade von Montag berichten«, unterbrach sie ihn, »haben Sie womöglich etwas beobachtet, Herr Hansen?«

»Das kann man wohl laut sagen. Ich habe gesehen, wie Silke Drösel vom Tatort geflüchtet ist! Sie wirkte völlig neben der Spur. Ist an mir vorbei, als wäre ein Zombie hinter ihr her …«

»Wie bitte! Und dann sind Sie meinem Sohn nicht sofort zur Hilfe geeilt?!«

»Ich konnte doch nicht ahnen, wieso Frau Drösel es so eilig hatte«, jammerte Stig-Sebastian Hansen. »Ich wusste doch gar nichts von dem Treffen der beiden und …«

»Sie haben das alles der Kripo erzählt, und trotzdem läuft das Flittchen noch frei herum?«

»Könnte man so sagen«, wich Hansen aus.

»Unternimmt die Polizei denn gar nichts?!«

»Ach wissen Sie, Behörden! Und außerdem: Mit der Gerechtigkeit im Leben ist es so eine Sache. Die Besten sterben jung …«

»Jetzt noch mal langsam: Silke Drösel rannte also vom Tatort weg. Das haben Sie mit eigenen Augen gesehen?«

»Genau so war es.«

Ilsa Schott drückte das Gespräch weg.

9.

Silke ließ den jungen Kripobeamten mit den Vampirzähnen nur bis in den Flur. Er musste nicht das Chaos mitkriegen, das sie im Wohnzimmer angerichtet hatte.

»Sie sehen, ich bin schon im Mantel. Ich muss dringend weg.« Sie klimperte ungeduldig mit dem Autoschlüssel in ihrer Hand.

»Frau Drösel, so einfach ist die Sache nicht«, sagte Lars Thede. »Es gibt Unstimmigkeiten in Ihrer Aussage. Ein Nachbar hat beobachtet, wie sie gegen zwanzig Uhr das Haus verließen und mit dem Auto weggefahren sind.«

»Ich war noch mal zum Zigarettenholen am Bahnhofskiosk«, sagte sie. »Na und?«

»Mit dem Auto? Das ist doch nicht weit, oder?«

Sie zuckte arglos die Achseln. »Mich hat diese rothaarige Frau bedient, die dort meistens arbeitet. Manuela heißt sie, glaube ich. Die kennt mich. Fragen Sie diese Manuela.«

»Das werden wir auf jeden Fall machen, keine Sorge. Aber wir wundern uns natürlich, warum Ihnen das nicht viel eher eingefallen ist, Frau Drösel.«

»Ich war wohl so verwirrt. Wann habe ich schon mal etwas mit der Polizei zu tun – außer bei der Verkehrserziehung mit meinen Schülern. Da kommt immer ein sehr netter Polizist in die Schule …« Silke lächelte verbindlich. »War es das, was Sie von mir wollten? Darf ich jetzt gehen?«

10.

Noch immer gab es keine Nachricht von Jaroslaw.

Paula wusste nicht, was sie ihm mehr verübeln sollte: dass er sich mit den D-Mark-Scheinen aus dem Staub gemacht hatte, oder dass er sich zwar bei Helene Raiser abgemeldet hatte, sich jedoch nicht im Geringsten darum scherte, Paula über seine überstürzte Abreise zu informieren. Im besten Fall stimmte die Version mit der dringenden Familienangelegenheit, die er Helene erzählt hatte. Im schlimmsten Fall war Jaroslaw mit dem Geld auf Nimmerwiedersehen verschwunden.

Hoffentlich hatte Jaroslaw keinen Unfall erlitten. Nicht auszudenken, wenn er in irgendwelche Querelen mit der russischen Mafia – oder wer auch immer da drüben im Osten so sein Unwesen trieb – verstrickt war. Womöglich war Jaro ein Opfer von Fremdenhassern geworden und lag jetzt schwer verletzt in einer finsteren Ecke an der deutsch-polnischen Grenze? Paula hatte tausend Schreckensbilder im Kopf. Sie wunderte sich über sich selbst. Wieso nur wollte ihre Wut auf den Abtrünnigen nicht so richtig wachsen und explodieren? Warum machte sie sich stattdessen Sorgen um ihn?

Diese Grübeleien bringen nichts, dachte Paula. Sie war froh, als ihre Nichte bei ihr auftauchte.

*

»Du meinst, du hast deinem Nachbarn so viel Geld anvertraut?« Silke war ganz blass geworden.

Paula biss bedrückt in einen Schokokuss. Süßer Schaum blieb an ihrer Oberlippe haften.

»Du kennst den Kerl doch überhaupt nicht richtig!«, schimpfte Silke. »Überhaupt, was stellst du für Sachen an, Paula? Du kannst doch nicht einfach Geld aus der Villa stibitzen!«

Paula fühlte sich wie vor den Kopf geschlagen. Das waren ja ganz neue Töne! Beleidigt zeigte sie mit dem angebissenen Schokokuss auf Silke: »Fass dich doch an deine eigene Nase, Mädchen. Du hast sogar deinem Winfried das Schmuckkästchen geklaut …«

»Das gehört ihm sowieso nicht.«

»Was du nicht wissen konntest.« Paula stopfte sich den restlichen Schokokuss in den Mund.

»Er ist auch bloß ein Betrüger wie alle Männer!«, sagte Silke hitzig.

»Du stellst doch viel zu hohe Ansprüche. Merkst du das eigentlich gar nicht?«, sagte Paula mit vollem Mund, »Du suchst einen Heiligen. Keinen Mann aus Fleisch und Blut!«

»So wie dein obskurer Jaro oder deine beiden Ex-Männer vielleicht?«, sagte Silke spitz. »Ach, Paula, du gerätst dauernd an die Falschen, weil du dich immer unter Wert verkaufst.«

»Ich verkaufe mich nicht«, zischte Paula.

Silke hob eine Augenbraue.

»Ich hol jetzt den Schlüssel«, beendete Paula die Diskussion.

Als sie mit dem Schlüssel aus dem Flur zurückkehrte, sah sie Silke liebevoll über die prächtige Intarsienarbeit des Schatullendeckels streichen.

»Lass mich mal«, bat Paula.

Sie steckte das Schlüsselchen ins Schloss, drehte es um, hob voller Erwartung den Deckel …

»Was ist das!«, rief sie entsetzt aus.

»Wie eklig!« Silke verzog ihr Gesicht.

»Die gehörte Herrn Poppinga«, sagte Paula tonlos.

Auf dunkelgrünem Samt schimmerte statt glänzendem Gold eine Zahnprothese.

»Rudolph Poppingas Dritte! Hatte er keine Zähne im Mund, als er starb?«

»Es ist bestimmt das Gebiss, das Poppinga im letzten Sommer verloren hat. Das war ein Theater, bis er endlich neue Zähne hatte, kann ich dir sagen. Zahnarztbesuche zuhauf.«

»Denkst du auch, was ich denke, Paula?«

»Der alte Schlawiner hat mir etwas vorgespielt!«

»Irre witzig«, sagte Silke düster.

»Im Sommer war da noch herrlicher Schmuck drin«, seufzte Paula. »Ich habe mich so auf die hübsche Löwenkopfbrosche gefreut.«

»War es der Alte selbst oder doch jemand anders?«

»Wer soll es sonst gewesen sein?« Paula war ratlos.

Silke nahm ihre Silberkette ab, fädelte das Schlüsselchen auf und hängte sich die Kette wieder um den Hals. »Wir werden die Schatulle, so wie sie ist, zurück in Winfrieds Koffer packen«, entschied sie.

Der Schlüssel baumelte kalt zwischen ihren Brüsten.

11.

»Komm, lass jetzt gut sein. Wir machen Feierabend.« Carola Karberg reckte sich auf ihrem Bürostuhl.

Lars Thede ließ seinen Computer herunterfahren.

»Der eine oder andere Kleinkram wäre geschafft, aber im Fall Goldbek sind wir nicht wirklich weitergekommen«, resümierte er die Fortschritte des Tages.

»Die Kioskbesitzerin war sich nicht sicher, wann Silke Drösel bei ihr aufgetaucht ist, stimmt's?«, fragte die Hauptkommissarin eher beiläufig und erhob sich. Sie griff nach ihrem Trenchcoat.

»Sie meinte, es könnte sein, dass die Drösel gegen zwanzig Uhr am Kiosk war«, bestätigte Thede, »Außerdem kann die Drösel ja danach zur City Süd gefahren sein und sich mit Goldbek getroffen haben. Merkwürdig ist jedenfalls, dass ihr die Sache mit dem Kiosk nicht schon eher eingefallen ist. Ich meine, es ist doch ein Unterschied, ob man den gesamten Abend auf der Couch verbringt, oder ob man zwischendurch den Hintern hochbekommt und sogar noch mit dem Auto losfährt. Sie hat Dreck am Stecken, sage ich.«

Carola Karberg schlüpfte in ihren Mantel. »Was ist, kommst du mit runter?«, fragte sie.

Lars Thede nickte gedankenverloren, rührte sich aber nicht von der Stelle. »Hast du inzwischen mit Stig-Sebastian Hansen gesprochen, dem Kollegen von Goldbek, du weißt doch noch …?«

»Leider konnte ich ihn nicht zu fassen bekommen. Der war heute auf Angeltour. Aber morgen ist auch noch ein Tag.« Carola Karbergs Magen knurrte leise. »Deine Frau wartet bestimmt mit dem Abendessen auf dich«, setzte sie hinzu.

»Du hast recht.« Thede klopfte mit der flachen Hand auf den Schreibtisch. »Und falls unsere Kleine noch nicht schläft, kann ich sie ins Bett bringen.« Geschmeidig stand er auf und schnappte sich die braune Lederjacke von der Stuhllehne. Mit übertrieben galanter Geste öffnete er die Tür für seine Kollegin.

»Auf in den verdienten Feierabend!«

12.

Liza sah wirklich zum Anbeißen aus in diesem roten Fummel, der ihre gertenschlanke Figur so gut zur Geltung brachte, und sie trotzdem fraulich-sinnlich erscheinen ließ. Sie drehte sich hin und her, begutachtete sich eingehend im mannshohen, vergoldeten Spiegel der edlen Hamburger Boutique. Seit sie den Einkaufsbummel vor mehr als zwei Stunden gestartet hatten, überlegte Winfried, ob Liza von ihm erwartete, den Sugar-Daddy zu spielen. Wozu hatte ihn die junge Frau sonst mitgeschleppt, außer in der Erwartung, dass er – der reiche Geschäftsmann aus London – ihr Klamotten schenken würde? Bisher war Liza noch mit keinem der vielen Outfits, die sie in vier verschiedenen Läden anprobiert hatte, komplett zufrieden gewesen, also hatte er die Entscheidung, ob er ihr womöglich ein Kleid spendieren sollte, hinausgezögert. Aber jetzt sah es ganz so aus, als fände dieses rote Gewand endlich Lizas Zustimmung.

Oder doch nicht?

»Also, ich weiß nicht«, sie rollte niedlich die Augen, »meinst du nicht auch, dass mich dieses Kleid moppelig macht?«

Wie bitte?! Er hatte reichlich Gelegenheit gehabt, bei der Anprobe ausführliche Blicke auf Liza zu werfen, und er konnte an der Blondine keine wirklich gut gepolsterte Stelle finden.

»Du siehst umwerfend aus«, sagte er.

Liza zog das Näschen kraus und musterte sich weiter so gebannt und genau wie ein Briefmarkensammler eine Blaue Mauritius. Auf Winfrieds modischen Rat hatte sie bisher noch kein einziges Mal gehört. Bereits das erste Kleid hatte ihm ausgesprochen gut an ihr gefallen. Wenn er recht überlegte, hatte er alles an ihr hinreißend gefunden.

»Es ist immer so schwierig, mit meiner Figur das Richtige zu finden«, maulte Liza.

»Also, ich finde dieses Kleid einfach top bei Ihnen«, mischte sich die durchgestylte, nicht mehr ganz junge Verkäuferin ein. Sie warf Winfried einen mitleidigen Blick zu.

»Sehr schön, ja«, pflichtete Winfried ihr bei, und ging damit ein stillschweigendes Bündnis mit der am Umsatz interessierten Boutiqueverkäuferin ein. Er fühlte ein starkes Bedürfnis, dem parfümierten Laden zu entfliehen und an die frische Luft zu gelangen.

»Ich glaube, ich nehme den Gürtel mit den türkisen Steinen und der silbernen Löwenkopfschnalle da hinten«, Liza machte ein paar Schritte auf einen kleinen Ständer mit aufwändig gearbeiteten Ledergürteln zu. »Ist der schön! Ich habe schon die ganze Zeit ein Auge darauf geworfen«, verriet sie.

Sofort erkannte Winfried die unerwartete Möglichkeit zum Ausstieg aus der gesamten Shopping-Tour.

»Liza, den Gürtel möchte ich dir schenken«, strahlte er, »und dann lass uns endlich etwas essen gehen. Ich habe einen Mordskohldampf.«

*

Es gefiel ihm, dass Liza sich als gute Esserin entpuppte. Sie wusste das delikate Mahl zu schätzen. Winfried fand es schade, wenn es Frauen kein echtes Vergnügen bereitete, üppig zu speisen und zu trinken. Doch bereits gestern hatte er in dieser Beziehung mit Silke beim Italiener Glück gehabt. Seine Ex-Frau Edwina hingegen gehörte zu den manischen Kalorienzählerinnen, die sich nach einem Dinner – bei denen es als zu unhöflich galt, nur drei Erbsen zu essen – nicht scheute, auf die Toilette zu verschwinden und sich oral von Ballaststoffen, Vitaminen, Kohlehydraten, Eiweißen und Lebensmittelzusätzen zu befreien. Dabei war Edwina bloß eine Gelegenheits-Bulimikerin.

Die anerkennenden Blicke der männlichen Gäste im vollbesetzten Restaurant hoben Winfrieds gute Stimmung zusätzlich. Er wusste, dass einen Mann um die Fünfzig kaum etwas besser schmückte als eine nicht einmal halb so alte, attraktive Begleiterin. An der Art, wie er Liza demonstrativ tief in die Augen blickte, wollte er der ganzen Welt zeigen: Nein, sie war nicht seine Tochter! Ja, er war ihr Liebhaber. Denn dazu würde es, seiner Meinung nach, noch heute Nacht kommen.

Das Gespräch mit Liza verlief bis zum Dessert recht lebhaft und war durchschnittlich interessant. Zugegebenermaßen hatte er sich mit Silke Drösel am Vorabend besser unterhalten.

Beim AmuseGueule und bei der Vorspeise hatte Liza noch einmal ausführlich die Eindrücke vom gemeinsamen Einkaufsbummel Revue passieren lassen. Sie verblüffte Winfried mit detaillierten Beobachtungen über die Attitüden der Verkäuferinnen und die figürlichen Defizite der anderen Boutique-Kundinnen. Dann versuchte sie mit Winfried über die Tragbarkeit der aktuellen Mode zu diskutieren. Beim Heilbutt mit Champagnerschaum und Kürbis-Rucola-Risotto schaffte Winfried es schließlich, die Kurve von den Londoner Fashiontrends zu Anekdoten aus seinem Leben zu ziehen. Es störte Winfried ein bisschen, dass Liza ihm dabei nicht so an den Lippen hing, wie er es sich gewünscht hätte.

Genau genommen war sich Winfried keinesfalls sicher, ob sie ihm überhaupt zuhörte.

Als er beim Fleischgang beiläufig das plötzliche Ableben seines Vaters erwähnte, zuckte Liza nicht einmal mit der Wimper, geschweige denn äußerte sie ihr Beileid in irgendeiner Form. Winfried hatte es bei einer so jungen Frau eigentlich auch nicht anders erwartet, trotzdem kränkte ihn Lizas Mangel an Mitgefühl.

Nach dem Rinderfilet mit Madeirasauce an Selleriepüree und gebackenen Rosmarinkartoffeln verschwand seine junge Begleiterin in Richtung Toilette. Als sie nicht wieder auftauchte, wurde Winfried unruhig. Er überlegte, ob er die Bedienung darum bitten sollte, im Damenwaschraum nachzusehen. Vielleicht litt auch die superschlanke Liza unter Kotzattacken?

Doch dann kehrte Liza, frisch wie der Frühling, an ihren Platz zurück. Sie entschuldigte sich dafür, verschiedene Anrufe erledigt zu haben.

So war die Handygeneration eben! Unerreichbar zu sein, fiel den jungen Leuten einfach zu schwer. Das muss man akzeptieren, dachte Winfried.

*

Etwas später traten sie aus dem warmen Restaurant hinaus an die kühle Abendluft. Winfrieds Blick fiel auf die illuminierte Speicherstadt und er fand Hamburg wunderschön. Nicht so aufregend und hip wie London, aber, genau wie die englische Hauptstadt, von traditionellem Handelsgeist und Weltoffenheit geprägt. Wenn er wieder genug Geld hatte, würde er sich in Hamburg eine Zweitwohnung zulegen und eine Filiale seiner Agentur eröffnen, dachte Winfried.

Beschwingt schlang er einen Arm um Liza und zog sie an sich.

»Ich schlage vor: zu dir«, flüsterte Winfried ihr ins Ohr.

Liza kicherte. Nach einem zweiten doppelten Wodka, der den von Sekt und Wein angereicherten Alkoholspiegel im Blut noch einmal kräftig in die Höhe trieb, hatte sich die Stimmung zwischen ihnen eindeutig gelockert.

Winfried küsste Liza auf den aparten Hals.

»Hey, Alter, lass mein Mädchen in Ruh!« Wie aus dem Nichts tauchte ein athletischer Mann mit halblangen Locken neben ihnen auf.

»Kennst du den?«, fragte Winfried seine Begleiterin.

»Hau ab, Stavros!«, fauchte Liza.

»Komm nach Hause, Kleines!« Der junge Mann packte Liza am Arm.

»Scheiße, Mann ...« Sie sträubte sich.

»Hey, so geht das nicht!« Winfried war empört.

»Was willst du mit dem alten Sack, Lissie? Komm mit mir!« Stavros formte seine Hände zu einem Trichter und hielt sie sich vor den Mund. »Lisalotta, ich liebe dich!«, brüllte er in die Nacht. Fußgänger auf dem Dovenfleet drehten sich neugierig nach ihnen um.

»So, nun sieh mal zu, dass du Land gewinnst!« Winfried war keineswegs gewillt, sich die Tour vermasseln zu lassen.

Doch Stavros machte keine Anstalten zu gehen. »Ich liebe dich, Kleines.« Er zauberte eine rote, etwas lädierte Rosenknospe aus seiner Jackentasche.

Liza zögerte.

»Sie stören! Kapieren Sie es doch endlich!«, blaffte Winfried ihn an.

»Der Quatscher will dich nur in die Koje kriegen, Kleines.« Stavros ging vor seiner Angebeteten in die Knie.

»Vielleicht will ich genau das von ihm«, sagte Liza unverfroren.

Es befriedigte Winfried zutiefst zu sehen, was für einen Hieb in die Magengrube dieser Satz für den jungen Mann bedeutete. Kurz vor dem Knock-out, Mr. Adonis, dachte er schadenfroh.

»Vielleicht nimmt der alte Sack mehr Rücksicht auf mich als du«, redete Liza sich in Rage, »vielleicht fährt er mit mir morgen an die Nordsee und gibt nicht vor, für eine doofe Klausur üben zu müssen. Vielleicht bin ich ihm wichtiger als seine Karriere, vielleicht ...«

Ein wahrer Wortschwall unbarmherziger weiblicher Rhetorik übergoss den sprachlosen Adonis. Winfried fühlte sich augenblicklich an Edwinas Alles-anderenimmst-du-wichtiger-als mich-Tiraden erinnert. Gegen seinen Willen spürte er einen Hauch von Mitleid.

Und dann machte Stavros in Winfrieds Augen alles richtig: Er nahm Liza in die Arme und küsste sie zielstrebig und ganz offensichtlich so gut, dass sie erst die Sprache und dann ihren Widerstand verlor.

Winfried war erfahren genug, um zu begreifen, wann ein Mann das Feld räumen musste. Vermutlich hatte Liza ihren Kerl eifersüchtig machen wollen. Sonst wäre sie wohl kaum so bescheuert gewesen, Mr. Adonis das Restaurant zu verraten.

Von dem unreifen Gemüse hatte er jedenfalls erst einmal die Nase voll. Jetzt ging es darum, den angebrochenen Abend doch noch zu einem befriedigenden Ende zu bringen.

Er brauchte ein Taxi.

*

Nachdem sie gemeinsam mit Paula die Schmuckschatulle wieder in Winfrieds Reisetasche in der Poppinga-Villa befördert hatte, war Silke zurück nach Hamburg gefahren. In einer Eckkneipe in ihrem Viertel setzte sie sich an den Tresen und trank drei Biere und vier Korn. Eigentlich mochte sie weder den bitteren Gerstensaft noch hochprozentigen Alkohol, aber diesmal handelte es sich um eine rein medizinische Maßnahme. Es ging darum, den Schmerz zu ersäufen und den Liebeskummer zu ertränken.

Für wie bescheuert hielt Winfried Poppinga sie eigentlich? Ging er davon aus, sie würde seinen Mord am Vater decken? Obwohl er sie abserviert hatte?

Sie zahlte.

Es war nicht weit bis zu ihrer Wohnung. Schwankend machte sie sich auf den Weg. Eine plumpe Gestalt mit Kapuzenpullover überholte sie und streifte dabei ihren Arm.

»Passochauf«, schnaubte sie.

Ihr war plötzlich schwindelig. Und speiübel. Über den nächstbesten Zaun gebeugt, erbrach sie sich in einen gepflegten kleinen Vorgarten zwischen Buchsbäumchen und Chrysanthemen-Beeten. Ein Passant ging an ihr vorbei und murmelte: »Schweinerei.«

Sie zog ein bereits gebrauchtes Papiertaschentuch aus der Hosentasche und wischte sich über den Mund. Es waren noch etwa hundert Meter bis zur Wohnung. Einige Fußgänger, die ihr entgegenkamen, sahen sie merkwürdig an. Der Blick einer verlebt aussehenden älteren Frau traf Silke bis ins Mark.

Beschämt betrat sie das Mietshaus, in dem sie seit drei Jahren wohnte. Langsam torkelte sie die Treppe hinauf. Gedämpfter Techno-Beat drang aus Silkes Nachbarwohnung im vierten Stock.

Etwas außer Atem stoppte sie vor ihrer Wohnungstür. Wo nur war der verdammte Schlüssel geblieben? Minutenlang wühlte sie in ihrem Lederbeutel herum.

Selbst in eine Wolke von Alkohol gehüllt, roch sie nicht den Wodkaatem, der sich ihr langsam von hinten näherte.

*

»Hier ist es«, sagte der Taxifahrer.

Im Licht der Straßenlaternen erkannte Winfried ein mehrstöckiges, hellblaues Jugendstilhaus. Silke lebte in einer ruhigen Seitenstraße, die in der Dunkelheit einen gepflegten Eindruck vermittelte.

»Der Rest ist für Sie.« Winfried zahlte bar, stieg aus dem Auto und ging zur Eingangstür.

Drösel, vierter Stock, las er. Er drückte auf den Klingelknopf.

Es dauerte eine Weile, dann öffnete sich die Tür von innen. Zwei junge Mädchen traten, völlig in ihr Gespräch versunken, aus dem Haus. Winfried huschte in den Flur.

Offensichtlich gab es keinen Fahrstuhl.

Auch kein Problem, dachte er.

Bis vor einem Jahr hatte er in London einen persönlichen Fitness-Trainer beschäftigt. Und obwohl er in den vergangenen, von der finanziellen Misere geprägten Monaten die Zügel etwas hatte schleifen lassen, war er noch immer ein relativ gut trainierter Mann. Während er die ausgetretenen Holzstufen erklomm, überfiel ihn Vorfreude auf Silkes warme, verständnisvolle Art und auf ihren fraulichen Körper.

Umso größer war der Schock.

1.

War es tatsächlich ein Glück, noch zu leben?

Wer hatte ihr das Messer in den Rücken gerammt?

War es die Strafe für das, was sie getan hatte?

Silke fühlte sich noch zu schwach, um diesen Dingen auf den Grund zu gehen. Sie fiel in einen unruhigen, albtraumhaften Dämmerschlaf.

*

»Paula, ich habe keine Ahnung. Zwei Mädchen kamen gerade aus dem Haus, aber die sahen völlig harmlos aus ...« Winfried klemmte sein Handy zwischen Kopf und Schulter und reckte sich. Er saß in T-Shirt und Unterhose auf der Bettkante im Kinderzimmer. Paulas Anruf hatte ihn aus dem Schlaf gerissen.

»Wenn Sie Silke gestern nicht versetzt hätten, wäre das alles überhaupt nicht passiert«, giftete Paula.

»Moment, Sie können mir doch nicht die Schuld in die Schuhe ...« Er betrachtete seine nackten Füße und überlegte, ob er sich heute eine Pediküre mit Fußmassage gönnen sollte.

»Sie haben Silke einfach fallen gelassen wie eine heiße Kartoffel!«

»Das stimmt doch gar nicht. Ich hatte eine geschäftliche Verabredung«, log Winfried. »Und außerdem: Ich war bei ihr! Darum habe ich sie überhaupt gefunden.«

»Sie sind ein Riesen-Egoist! Ein gewissenloser Frauenheld! Das sieht man doch auf den ersten Blick. Sie moralische Null!«

»Nun mal ganz langsam, Paula. Wer im Glashaus sitzt,

sollte nicht mit Steinen werfen.« Musste er sich das Gequassel überhaupt anhören? »Paula, was haben Sie mit dem Geld gemacht, das gestern im Wohnzimmer lag?«

»Wovon reden Sie da?«, sagte Paula kühl.

Verärgert drückte er das Gespräch weg.

Was war das nur für ein dramatischer Tag gestern gewesen! Erst der Tod des Vaters und dann, abends, die Bluttat an Silke Drösel. Ihm war eiskalt geworden bei dem Anblick. Nachdem er den Notruf alarmiert hatte, war ihm eingefallen, Paula Adam zu benachrichtigen. Die Frau hatte wie am Boden zerstört gewirkt, und sie hatte ihm – obwohl er sie nicht mochte – aufrichtig leidgetan.

Er gähnte herzhaft. Noch etwas schlaftrunken öffnete er seinen Koffer, um sich frische Wäsche und einen schwarzen Kaschmirpulli herauszuholen. Zwischen seiner Kleidung befand sich das Schmuckkästchen. Er zog es hervor. Liebevoll strich er über die feine Intarsienarbeit aus Pink Ivory und Nussbaumwurzelmaserung. Aufmerksam begutachtete er das Bronzeschloss. Er wusste nicht, wie kompliziert es sein würde, das Schloss aufzubrechen, befürchtete aber, das schöne Kästchen – immerhin ein Erinnerungsstück an seine Mutter – bei dem Versuch zu ramponieren. Nach dem Frühstück wollte er sich noch einmal gründlich in der Villa nach einem Schlüssel umschauen. Vielleicht hatte er Glück. Ansonsten hatte er vor, die Schatulle in London von einem befreundeten Goldschmied fachgerecht öffnen zu lassen. Winfried mahnte sich zur Geduld. Im Grunde wusste er ja, was sich in der Schatulle befand: Als Kind hatte er seine Mutter oft genug dabei beobachtet, wie sie vor dem Kästchen saß und ihre Schmuckauswahl traf.

Er schaute auf die Uhr. In zehn Stunden ging sein Flug zurück nach Heathrow. Es gab noch einiges zu erledigen.

Zeit, aufzustehen.

*

Rüder Schnösel!

Der Kerl hatte doch glatt den Hörer aufgeknallt!

Paula war enttäuscht. Sie hatte sich mehr Informationen von Winfried Poppinga erhofft. Vom behandelnden Arzt hatte sie immerhin etwas mehr erfahren: Bei dem Tatwerkzeug handelte es sich um eine Allzweckschere aus dem Sortiment eines Gartengeräteherstellers. Die Schere war nicht sehr tief in Silkes Körper eingedrungen. Innere Organe waren nicht lebensgefährlich verletzt worden.

Wer hatte die hinterhältige Tat begangen?

Paula sehnte sich danach, mit Jaroslaw über den Vorfall zu sprechen. Vielleicht war er endlich wieder bei sich zu Hause anzutreffen? Hoffnungsvoll klingelte sie an der Tür gegenüber. Tatsächlich hörte sie etwas in der Wohnung rumoren.

Jaroslaw! Gleich würde sie ihm gründlich den Kopf waschen, und danach stand einer zünftigen Versöhnung nichts im Weg.

Die Tür schwang auf.

Helene Raiser stand im giftgrünen Morgenmantel mit einer Gießkanne in der Hand da und glotzte Paula an. »Guten Morgen«, sagte sie.

»Was machst denn du so früh bei Jaroslaw?«, fragte Paula misstrauisch.

Helene strich sich eine Haarsträhne hinter das linke Ohr. »Nach was sieht es denn aus?«

»Ist Jaroslaw zurück?« Paula linste über Helenes Schulter.

»Nein.«

»Er hat dir seinen Wohnungsschlüssel anvertraut?«

»Was soll das denn heißen?«, mokierte sich Helene Raiser. »Bin ich etwa nicht vertrauenswürdig?«

»Ich wundere mich nur. Immerhin bin ich seine direkte Nachbarin, und du musst dich erst ein Stockwerk hinaufbemühen.«

»War das alles?«

»Helene, du musst doch wissen, wann Jaroslaw zurückkommt!«, sagte Paula.

»Mein Gott, Paula. Du siehst aus wie ein Gespenst.« Helene schüttelte den Kopf. »Mach dir doch nicht solche Sorgen um den Kerl.«

*

Wie jeden Werktag gehörte Stig-Sebastian Hansen zu den Menschen, die in gepflegter Bürokleidung um kurz vor halb neun der S- Bahn Linie 3 am Bahnhof Hammerbrook entstiegen. Wie so oft trat ihm dabei irgendein Drängler in die Hacken. Stig-Sebastian Hansen war ein 1,95 Meter großer, schwerfälliger Mann mit schütteren, weißblonden Haaren. Sein Bauch wölbte sich ein bisschen über dem Gürtel, aber das ließ sich durch die zugeknöpfte Anzugjacke recht gut kaschieren. Von Größe und Gewicht her eigentlich eine imposante Erscheinung, gehörte er doch zu jenen Menschen, die leicht übersehen wurden. Hansen selbst schrieb das seinem Bemühen zu, möglichst nicht unangenehm aufzufallen. Er war meistens völlig zufrieden damit, in der grauen Masse mitzuschwimmen. Nur dann und wann keimte in ihm eine leise Sehnsucht, mehr Ausstrahlung zu besitzen. Zum Beispiel, wenn er von Frauen wie ein Neutrum behandelt wurde.

Hansen spürte, wie etwas unter seiner Schuhsohle haften blieb. Er stützte sich leicht an der schmutzigen Wand im Bahnhofsgebäude ab und schaute unter seinem Schuh nach. Natürlich! An seiner Sohle klebte ein Kaugummi. Er zog ein Taschentuch aus seiner Hosentasche und pulte das Ding angewidert ab.

Vom Bahnhof Hammerbrook war es ein Katzensprung bis zur Versicherung. Stig-Sebastian Hansen hätte den Weg im Schlaf gehen können. Nach seiner Ausbildung zum Versicherungskaufmann vor zwanzig Jahren war er seinem Arbeitgeber treu geblieben. Er war kein Mensch, der sich gerne neuen Situationen stellte. Unter Kollegen galt er schon immer als komischer Kauz. Dennoch war er einer von ihnen gewesen, bis Arne Goldberg in die Abteilung versetzt worden war.

In Erinnerung des Vorfalls am Montagabend warf Hansen einen Blick hinunter auf den Mittelkanal, der von der Bahnbrücke überspannt wurde. Wie es wohl war, wenn der Lunge die Zufuhr von Sauerstoff verweigert wurde, und wenn, vielleicht noch grausamer, sich die Bronchien langsam mit Wasser füllten? Er lächelte still vor sich hin. Seit der Quälgeist fort war, hatte Hansens Leben endlich wieder Qualität zurückgewonnen.

»Wer zuletzt lacht, lacht am besten«, murmelte Hansen. Er verließ das Bahnhofsgebäude und machte sich auf den kurzen Fußweg ins Büro.

*

»Ich will aber ein Milchbrötchen!«

Trotzig schleuderte Tristan Goldbek sein frisch geröstetes Toastbrot auf den Teller. Er saß zwischen seiner Mutter und seiner Oma am Frühstückstisch und hatte sichtbar schlechte Laune.

»Rotzlöffel!«, blaffte Ilsa Schott.

»Herzchen, ich hab es heute Morgen nicht zum Bäcker geschafft«, warb Melanie Goldbek um Verständnis.

»Papa hat es jeden Morgen geschafft.« Tristans große braune Augen füllten sich mit Tränen.

»Dein Vater war ein Morgenmensch, kleiner Mann.« Ilsa, die ihre harsche Reaktion wiedergutmachen wollte, strich Tristan übers lockige Haar. Doch der Achtjährige schüttelte die Hand ab.

»Lass ihn einfach in Ruhe«, bat Melanie ihre Schwiegermutter. »Es ist nicht leicht für ihn.«

Ilsa presste die Lippen aufeinander.

»Möchtest du noch etwas trinken, Herzchen?«, wandte sich Melanie an ihren Sohn.

Fahrig griff Tristan nach der Glaskaraffe mit dem Orangensaft. Er füllte sich sein Glas so schwungvoll, dass er kleckerte. In der Mitte des Holztisches bildete sich eine orangenfarbene Pfütze. Der Junge lachte albern auf und malte mit einem Finger in der Flüssigkeit herum.

Melanie tupfte das Malheur schweigend mit einer Serviette auf.

»Tristan benimmt sich wie ein Kleinkind«, tadelte Ilsa.

Für die Bemerkung fing sie sich einen strafenden Blick ihrer Schwiegertochter ein. Unterdessen zerbröselte Tristan sein Toastbrot mit den Fingern. Mit aufgeblähten Wangen pustete er die Krümel vom Teller.

»Melanie, wieso lässt du dir das bieten?«, fragte Ilsa aufgebracht. »Den Vater verloren zu haben, ist kein Grund, sich dermaßen aufzuführen.«

»Tristan, wenn du keinen Hunger hast, darfst du jetzt spielen gehen«, sagte Melanie erschöpft.

Einen Moment sah es tatsächlich so aus, als würde Tristan der Aufforderung seiner Mutter folgen. Er rappelte sich vom Stuhl hoch, schlenderte in der Küche herum. Doch plötzlich schnappte er sich die Karaffe und leerte den Saft über den Schoß seiner Mutter aus. Melanie sprang fluchend auf. Reflexartig verpasste sie Tristan eine schallende Ohrfeige. Er heulte auf und stürzte sich in die Arme seiner Großmutter.

»Du bist wie dein Vater. Egoistisch, verzogen und gemein«, keifte Melanie, während sie ihre hellgraue Hose mit einem Geschirrtuch trocken wischte. Dann rannte sie schluchzend aus der Küche.

Kein Wunder, dass Tristan völlig durcheinander war, dachte Ilsa. Die Nerven lagen bei allen hier im Hause blank. Nach ihrem Termin in der Poppinga-Villa würde sie sich in Ruhe mit Tristan beschäftigen.

Der Junge brauchte jetzt viel Liebe und Aufmerksamkeit.

2.

Lars Thede befand sich mit Stig-Sebastian Hansen in einem Besprechungsraum der Versicherung, als ihn der Anruf von Carola Karberg erreichte.

»Lars, ein missglückter Mordanschlag auf Silke Drösel gestern Abend direkt vor ihrer Wohnungstür. Stichwunde«, teilte sie ihm mit. »Der Arzt sagt, eine kurze Vernehmung von Drösel ist möglich. Wir treffen uns in einer halben Stunde in der Uniklinik.«

»Ist gut, Carola.«

Lars Thede pfiff durch die Zähne. Versonnen blickte er auf sein Gegenüber. Stig-Sebastian Hansen war ein Riese mit schlaffer Körperhaltung und einem weichen Gesicht, das denselben milchigen Ton hatte wie die Haare.

»Herr Hansen, ich fasse noch einmal kurz zusammen, was Sie mir erzählt haben«, begann Lars Thede. »Sie waren auf dem Weg zur Bahnstation, als Sie Silke Drösel zur Mordzeit in der Nähe des Kanals gesehen haben. Frau Drösel hat Sie überholt. Wieso haben Sie uns nicht bereits vor Tagen erzählt, dass Sie Silke Drösel in Tatortnähe gesehen haben?«

Hansen zuckte mit den Achseln. »Ich konnte mir wohl nicht vorstellen, dass Frau Drösel etwas mit der Sache zu tun hat.«

»Nicht vorstellen können, aha.« In Thedes Stimme lag ein sarkastischer Unterton.

»Frau Drösel und Arne Goldbek liebten sich doch!«, verteidigte sich Hansen. »Und Frau Drösel ist Grundschullehrerin. Einer solchen Frau traue ich doch keinen heimtückischen Mord zu.«

Lars Thede konnte sich nur über die Naivität dieses Zeugen wundern. Der Mann war doch bestimmt schon an die vierzig Jahre alt und hatte ein Menschenbild wie ein Kind.

»Es ist Ihnen aber schon klar, dass wir alle nur erdenklichen Informationen brauchen? Es ist die Aufgabe der Kripo, zu entscheiden, was wichtig ist und was nicht.« Er begann ungeduldig mit dem rechten Knie zu wippen. »Wieso sind Sie sich so sicher, dass es überhaupt Frau Drösel war, die sie überholt hat?«

»Einmal, so vor zwei Wochen, hat sie Arne im Büro abgeholt. Da habe ich sie mir – nun ja – ziemlich genau angesehen.« Hansen wurde rot.

»Trotzdem ist es schwierig, jemanden im diffusen Laternenlicht, zumal im Regen, deutlich zu erkennen.«

»Sie trug denselben Mantel wie vor zwei Wochen«, sagte Hansen eifrig.

»Sie scheinen eine erstaunliche Beobachtungsgabe zu besitzen, Herr Hansen. Dennoch wundere ich mich, warum Sie sich so sicher sind. Vielleicht hatte Frau Drösel ja sogar eine Kapuze auf. Es hat doch stark geregnet.«

»Hatte sie nicht. Und außerdem …«, Hansen tat so, als würde er die Katze aus dem Sack lassen, »habe ich sie auf dem Bahnsteig gesehen!«

»Sie ist in den Zug gestiegen mit Ihnen?«

»Das habe ich nicht beobachtet. Sie stand etwa zwanzig Meter von mir entfernt. Ich habe mich nicht um sie gekümmert, habe ein bisschen in meiner Anglerzeitschrift geblättert.«

In Lars Thedes Gesicht schlich sich ein triumphierender Ausdruck. Das waren die Momente in seinem Beruf, die er aufrichtig liebte. Zwar musste er noch einige Angaben überprüfen, aber sein Instinkt sagte ihm, dass er soeben ein ganzes Stück weitergekommen war mit der Aufklärung des Falles Goldbek. Silke Drösel war am Montagabend mit dem Auto in der Stadt unterwegs gewesen, was hätte sie dann auf einem Bahnsteig zu suchen gehabt? Einer der beiden – die Drösel oder der Hansen – log. Man würde die Bahnhofs-Videoüberwachungsaufnahmen von Montagabend überprüfen müssen. Dann würde sich schon herausstellen, wer von den Verdächtigen sich um die Tatzeit herum auf dem Bahnsteig getummelt hatte.

Lars Thede lächelte in sich hinein. Stig-Sebastian Hansen angelte gerne, jetzt sollte er mal sehen, wie es sich anfühlte, wie ein Fisch am Haken zu hängen.

»Wie ist eigentlich Iihr Verhältnis zu Melanie Goldbek?«, fragte er.

»Verhältnis? Ich lerne sie eigentlich erst jetzt richtig kennen. Es tut ihr gut, mit mir über ihren verstorbenen Mann zu reden.«

»Die Ehe der Goldbeks war nicht die beste. Melanie Goldbek hatte ebenso viel Grund, ihrem Mann die Pest an den Hals zu wünschen wie Sie, Herr Hansen. Salopp ausgedrückt.«

»Was meinen Sie damit?«

»Für wie blöd halten Sie die Kripo eigentlich? Ich habe nochmals mit einer Reihe von Ihren Kollegen gesprochen, Herr Hansen. In der Abteilung ist es bekannt, dass Sie von Herrn Goldbek schlecht behandelt worden sind. Das Ganze hat sich vor einigen Monaten gebessert, haben mir Ihre Kollegen gezwitschert. Damals begann Goldbeks Affäre mit Silke Drösel. Was meinen Sie, hat das eine etwas mit dem anderen zu tun? Eine kleine Erpressung Ihrerseits, Herr Hansen? Der Verdacht drängt sich auf, oder?« Der Kommissar machte eine kurze, effektvolle Pause. »Waren Sie es am Ende selbst, der sich Arne Goldbek endlich vom Hals geschafft hat?«

Stig-Sebastian Hansen schwieg.

»Halten Sie sich für weitere Gespräche bereit, Herr Hansen. Wir sind noch nicht miteinander fertig.«

Thede machte sich auf den Weg ins Krankenhaus.

*

Hansen atmete auf, als der Kripobeamte ging. Er hatte ein ungutes Gefühl. War ihm ein Fehler unterlaufen? Das Kräfteverhältnis hatte sich im Laufe des Gesprächs verschoben. Eine Weile versuchte er zu ergründen, was Lars Thede plötzlich so stark gemacht hatte und ihn selbst so schwach. Aber so sehr er sein Hirn auch zermarterte, er kam nicht darauf. Er zog sein privates Handy aus der Tasche und rief Melanie Goldbek an. Sie wollte über alles auf dem Laufenden gehalten werden, hatte sie ihm gesagt, und Hansen tat ihr gerne diesen Gefallen. Allein bei dem Gedanken an die schöne Frau wurde ihm ganz heiß. Melanie gab ihm das Gefühl, wichtig zu sein. Er dachte immer noch mit Erregung daran, wie sie sich neulich, Schutz und Trost suchend, fest an ihn gedrückt hatte.

Melanie meldete sich am Telefon.

»Ich bin's«, säuselte er.

»Stig-Sebastian!«

Hansen meinte, die Freude in ihrer Stimme zu hören. Das machte ihn noch mehr an.

»Gibt es etwas Neues? Was wollten die Bullen von dir?«, fragte sie.

»Ich habe alles im Griff, Melanie«, beruhigte er sie.

3.

»Es war Winfried Poppinga!«

Silke hatte das Gefühl, als schreie sie den Namen des Attentäters hinaus, tatsächlich war ihre Stimme schwach und brüchig.

Das Gesicht der Kripobeamtin rückte unangenehm nah an sie heran.

»Wieso hat er das getan?«, fragte Carola Karberg.

Silke holte tief Luft. Ihr Brustkorb schmerzte, aber das war jetzt nicht wichtig. »Ich habe gesehen, wie er seinen Vater ermordet hat.«

»Tatsächlich?«

»Ich habe die vorletzte Nacht bei ihm in der Villa seines Vaters verbracht.« Silke stöhnte vor Schmerz auf. »Winfried steckt in finanziellen Schwierigkeiten. Rudolph Poppinga wollte ihm kein Geld geben …«

Carola Karberg sah sie gespannt an.

»Nachts ist er zu seinem kranken Vater geschlichen … Er hat ihm ein Kissen auf Mund und Nase gedrückt.«

»Und Winfried Poppinga weiß, dass Sie ihn dabei beobachtet haben?«

»Ja. Er musste mich mundtot machen.«

Silke schloss die Augen.

Sie konnte nicht mehr. Wie durch einen Schleier hörte sie die Kommissarin weitere Fragen stellen.

*

Weißgekleidete Ärzte und Schwestern huschten an ihnen vorbei, Patienten in Frotteebademänteln schlurften über den langgestreckten Krankenhausflur, ein Krankenpfleger kam ihnen mit einem leeren Rollstuhl entgegen, während die Hauptkommissarin mit ihrem jungen Kollegen Lars Thede dem Ausgang zustrebte.

»Das ist ja eine tolle Geschichte, die uns die Drösel da aufgetischt hat!« Lars Thede blieb an einem Kanister stehen, der, mit blauem Desinfektionsmittel gefüllt, an der Wand hing. »Sie ist selbst Verdächtige in einem Mordfall, und nun beschuldigt sie ihren Kurzzeit-Lover, seinen Alten abgemurkst zu haben. Weil sie den Liebhaber dabei beobachtet hat, beschließt der, die unliebsame Zeugin auszuschalten.« Thede sprühte sich etwas Lösung auf seine Hände. »Aber wenn Winfried Poppinga die Drösel tatsächlich gestern niedergestochen hat, warum hat er dann den Krankenwagen gerufen? Er hätte sie verbluten lassen können, oder?«

»Vielleicht hat er spekuliert, dass sie nicht durchkommt. Oder er hatte plötzlich Skrupel.«

»Gibt es Fingerabdrücke auf dem Tatwerkzeug?« Thede rieb sich die Emulsion gewissenhaft in die Haut.

»Wird gerade im Labor untersucht«, sagte Carola Karberg.

»Gehen wir der Anschuldigung nach?«, fragte Thede. »Die Sache mit dem alten Herrn, meine ich.«

»Auf jeden Fall.« Carola Karberg wunderte sich über die unkritische Denkweise ihres Kollegen. »Die Wahrscheinlichkeit, dass Mord an Senioren nicht entdeckt wird, liegt besonders hoch. Überleg mal, wer wird schon misstrauisch, wenn ein alter Mensch stirbt?«

»Wir.« Thede ließ sein jungenhaftes Lächeln aufblitzen.

Carola Karberg fixierte ihn.

»Die Totenscheine werden von Notärzten oder Hausärzten ausgestellt«, sagte sie. »Nichts gegen diese Mediziner. Aber sie verfügen eben nicht über die Kenntnisse von Rechtsmedizinern, die Würgemale oder Vergiftungserscheinungen natürlich schnell entdecken.«

Lars Thede nickte. »Welcher Hausarzt rechnet schon in einem biederen, bürgerlichen Umfeld mit einem Mord. Oder?«

»Es gibt Studien darüber, dass es allein in Deutschland jährlich hunderte, wenn nicht tausende solcher Fälle geben soll«, sagte sie. »Diese Mörder kommen ungestraft davon. Und deshalb kümmere ich mich jetzt um die Obduktion. Ich knöpfe mir Winfried Poppinga vor. Wer weiß, ob Frau Drösel das nicht alles nur geträumt hat.«

»Auf jeden Fall trachtet ihr jemand nach dem Leben«, gab Thede zu bedenken.

4.

Winfried bat Doktor Kolbe und Paula, die sich beide überaus pünktlich und exakt zur selben Zeit vor der Haustür einfanden, in die Villa. Er nahm ihnen die Mäntel ab – Paula den kieselsteinfarbenen und dem Doktor den taubenblauen – und lotste sie in das Esszimmer, an dessen ovalem Tisch die Zusammenkunft stattfinden sollte. Dabei schlüpfte er ganz selbstverständlich in die Rolle des Hausherrn und Gastgebers. Paula registrierte, dass die weiße Damastdecke fehlte, die gewöhnlich den Tisch vor dem Verstauben schützte, und die, wie Paula fand, immer so schön frisch wirkte. Auf dem blanken Mahagoniholz standen Gläser, Mineralwasser, Säfte und Cola für die Teilnehmer der Zusammenkunft bereit.

»Haben Sie schon etwas Neues von Silke gehört, Paula?«, fragte Winfried.

»Sie wird wieder völlig genesen, hat der Arzt gesagt.«

Bevor sich Winfried dazu äußern konnte, ging Paula auf Dr. Kolbes fragenden Blick ein und erzählte ihm, was ihrer Nichte widerfahren war.

»Direkt vor der eigenen Haustür! Wer macht so etwas?« Der Arzt war sichtlich schockiert.

»Herr Poppinga«, Paula nickte kurz in Winfrieds Richtung, »hat meine Nichte kurz nach dem Überfall aufgefunden und den Notarzt gerufen – dankenswerterweise. Leider behauptet er, keinen Schimmer zu haben, wer es getan haben könnte.«

Winfried holte tief Luft. »Was soll das nun heißen, Paula? Ich ›behaupte‹ ...! Wollen Sie damit etwa andeuten, dass ich den Täter kenne und mir nur einen Spaß daraus mache, es keinem zu verraten?«

»Jedenfalls scheint Silke zu wissen, wer sie niedergestreckt hat.« Paula nahm Winfried ins Visier. »Die Kripo kommt ins Krankenhaus, damit sie eine Aussage machen kann.«

»Das ist doch wunderbar!« Ein spöttisches Lächeln umspielte Winfrieds Lippen: »Was haben Sie mit dem Geld aus dem Wohnzimmer gemacht, Paula?«, fügte er süffisant hinzu.

Demonstrativ drehte sich Paula von ihm weg. »Doktor Kolbe, wie lange geht das heute hier? Ich möchte meine Nichte möglichst bald im Krankenhaus besuchen.«

Der Doktor überlegte noch, wie er die Stimmung im Zimmer entkrampfen konnte, als Ilsa Schott sich zu ihnen gesellte. Alle Blicke richteten sich auf die ehemalige Haushälterin. Sie verströmte einen strengen Geruch, ihr blaues Kleid war zerknittert und die Haare wirkten ungekämmt. Die Augen versteckte sie hinter einer großen, dunklen Sonnenbrille.

»Ilsa, gut, dass du da bist! Rudolph hat verfügt, die Verlesung darf nur in Anwesenheit aller Erben erfolgen«, sagte Dr. Kolbe.

*

Winfried Poppinga registrierte das falsche Lächeln, mit dem der Arzt Ilsa begrüßte. Er fragte sich, was mit dem sonst so jovial wirkenden Mann heute nicht stimmte. Doktor Kolbe schien noch weiter in sich zusammengesackt zu sein als sonst. Der Mediziner trug einen schlecht sitzenden anthrazitfarbenen Nadelstreifenanzug. Nur dank des strammgezogenen Gürtels blieb die Hose an ihrem Platz, vermutete Winfried.

»Meine Nichte liegt im Krankenhaus.« Paula reichte der ehemaligen Haushälterin zur Begrüßung die Hand. Hinter der dunklen Sonnenbrille senkte Ilsa den Blick.

Dr. Kolbe hüstelte. »Ilsas Sohn Arne ist am vergangenen Montag ums Leben gekommen«, sagte er mit gedämpfter Stimme.

Ilsa schluchzte auf, und der Arzt legte ihr beruhigend die Hand auf die Schulter.

Winfried rutschte unruhig auf dem Stuhl hin und her. Er ertrug es nicht länger, untätig zu bleiben. Dieser Schwebezustand zehrte an seinen Nerven. Er wollte endlich Klarheit. Es eilte. Wie viel würde er erben? War seine Firma mit dem Betrag zu retten?

»Es tut mir so leid um Ihren Sohn«, sagte Paula mitfühlend zu Ilsa. »Eine Tragödie jagt die andere, was sind das nur für Zeiten?« Sie blickte die beiden Männer vorwurfsvoll an, als trügen sie die Schuld an allem Unglück.

Dr. Kolbe räusperte sich.

»Bitte nehmen Sie doch Platz, meine Herrschaften«, begann er, »Rudolph hat mich kurz vor seinem Tod darum gebeten, seinen letzten Willen zu verkünden. In einem gesonderten Brief hat er mir dafür genaue Anweisungen erteilt. Ich habe eine Abschrift des Vermächtnisses vorliegen. Das Original ist beim Nachlassgericht hinterlegt.«

»Wozu dann diese Zusammenkunft?«, fuhr Winfried auf. »Vielleicht steht in dem eigentlichen Testament etwas ganz anderes!«

»Bei dem, was mir vorliegt, handelt es sich ganz ausdrücklich um eine Abschrift. Ergo ist davon auszugehen, dass es keinerlei Abweichungen gibt.«

»Hoffen wir es«, entschlüpfte es Paula, die wohl nach ihren Erfahrungen mit dem alten Poppinga auch eher mit Finten rechnete.

»Wir kannten doch alle Rudolph. Er liebte Mätzchen«, sagte Ilsa, sichtlich wieder gefasst.

Dr. Kolbe überging die Bemerkungen. »Vorausschicken möchte ich allerdings noch, dass auch Arne Goldbek zu den heute Anwesenden gehören würde, wenn er nicht leider Gottes ...«

Was hätte Ilsas Sohn hier zu suchen gehabt, wunderte sich Winfried. Er kannte Arne Goldbek nur vom Hörensagen, war ihm aber nie persönlich begegnet. Die Haushälterin und ihr Sohn waren bei Rudolph Poppinga eingezogen, nachdem Winfried bereits das Haus verlassen hatte.

»Ich lese jetzt das Vermächtnis von Rudolph vor.« Dr. Kolbe nahm einen weißen DIN-A4-Umschlag und ritzte ihn mit einem silbernen Brieföffner auf. Er strich die Seiten umständlich glatt und begann zu lesen:

»Hiermit erkläre ich, Rudolph Hermann Poppinga, dass ich die in der Folge genannten Verfügungen im Vollbesitz meiner geistigen Kräfte treffe.« Dr. Kolbe räusperte sich, obwohl seine Stimme vollkommen klar klang. *»Verlogene Mistbande, wie gierige Geier seid ihr hier versammelt und wartet auf die Reste meines Lebens, die ich Euch nun zum Fraß vorwerfe. Bevor ...«*

Ilsa sprang entrüstet von ihrem Stuhl auf. »Wie Geier! Mistbande! Das muss ich mir nicht bieten lassen!«

Hanspeter Kolbe fuhr ungerührt fort: *»... einer von Euch voller Empörung ob meiner harschen Worte den Raum verlässt, so sei jedem von Euch gesagt, dass das Verlassen zum Verlust jeglichen Anspruchs auf meine Hinterlassenschaft führt.«*

»Dann muss ich jetzt wohl an Ort und Stelle Pipi machen«, sagte Winfried trocken.

Paula sah ihn entsetzt an.

Ilsa verharrte unschlüssig am Platz.

»*Zuerst zu den anwesenden Damen. Ilsa …*« Dr. Kolbe stockte und sah die ehemalige Haushälterin an. »Setz dich um Himmels Willen wieder, Ilsa!« Er las weiter: »*Ilsa hat mich viele Jahre meines Lebens begleitet. Sie hat mir einen Sohn geboren, der auch keinen Deut besser war als die Brut, die mir Emilie ins Nest gelegt hat. Ilsa, ich weiß genau, du glaubst, dich mir geopfert zu haben. Dabei hat dir diese Selbstaufgabe das größte Vergnügen bereitet. Du hast es doch heimlich genossen, von mir gedemütigt zu werden. Dabei hättest du in den achtziger Jahren den Doktor haben können. Im Gegensatz zu mir ein verlässlicher Mann, ohne Frage. Für dich hätte der alte Knabe sogar seinen hässlichen Hausdrachen verlassen*«, Dr. Kolbe schluckte schwer, »*doch er konnte dich einfach nicht so auf Touren bringen wie ich. Ich weiß, du willst das Ferienhaus auf Norderney, in dem du dich eingenistet hast wie eine Möwe im Nest. Doch dazu und zum kleinen Bastard Arne komme ich noch später. Ja, horch, Winfried, du hast tatsächlich einen Bruder. Als kleiner Junge hast du dir Geschwister gewünscht. Doch jetzt, angesichts des Vermögens, das ich zu vermachen habe, wirst du deinen Bruder verfluchen, denn er wird genau die Hälfte von dem bekommen, was für dich abfällt.*«

Der tote Arne Goldbek war also sein Halbbruder gewesen, dachte Winfried und wusste nicht so genau, was er bei dieser Enthüllung fühlen sollte. Noch ehe er eine weitere Zeile hörte, stand für ihn jedoch fest, er würde das irrwitzige Testament seines Vaters anfechten.

»*Doch nun zu dir, liebste Paula. Schade, dass wir uns erst so spät im Leben kennengelernt haben. Du warst mir die anregende Gespielin meiner letzten Jahre.*«

»Das darf doch nicht wahr sein!«, rief Ilsa entrüstet aus.

Hatte er es doch geahnt, durchfuhr es Winfried. Paula Adam, die hinterhältige Erbschleicherin, hatte sich an seinen Vater herangemacht!

Dr. Kolbe fuhr stoisch fort: »*Was die Gier nach Geld und Juwelen betrifft, standest du mir in nichts nach, Paula. Ich denke, du kannst mit dem, was du bei mir verdient hast, mehr als zufrieden sein. In Erinnerung an unsere gemeinsamen Ausfahrten vermache ich dir den Rollstuhl, den du gerne für weitere Klienten benutzen darfst. Vielleicht wird der Rolli auch dir selbst eines Tages komfortables Transportmittel sein ...*«

Paula stand auf und verließ den Raum.

»Bleiben Sie doch, liebe Paula! Vielleicht geht es am Ende noch ganz anders aus ...«, rief Dr. Kolbe ihr hinterher. Doch schon hörten sie die Haustür zuknallen.

Dr. Kolbe zuckte mit den Achseln. »*Nun zu dir, Winfried*«, las er weiter und wurde erneut unterbrochen. Es klingelte an der Haustür. Dr. Kolbe sah Ilsa und Winfried fragend an.

»Weiter, Doktor«, ermunterte ihn Winfried.

»*Du warst nie die Art von Sohn, die ich mir gewünscht habe. Du warst eine verschlagene Memme. Du hast nie zu deinen Taten gestanden, sondern dich immer sofort hinter Emilies Rockzipfel versteckt, wenn es brenzlig wurde. Mit sechzehn hast du dann an diesem vermaledeiten Wettbewerb zur deutschen Geschichte teilgenommen und dafür in Großvaters und meiner Vergangenheit herumgeschnüffelt. Und du hast noch nicht einmal gewonnen! Nun, ich will es nicht verschweigen, von diesem Tag an warst du endgültig für mich gestorben. Das Beste, was du je getan hast, war zu verschwinden. Dass du wiederkamst, war überflüssig und finanziell gesehen ein schwerer Fehler.*« Dr. Kolbe hielt irritiert inne. Das Klingeln wurde zum beharrlichen Dauerton.

»Das ist doch nur Paula. Die hat es sich vermutlich noch anders überlegt. Soll sie doch warten«, sagte Winfried.

»Ich würde ja zur Tür gehen, aber nicht, wenn mein Erbe deswegen verloren geht«, sagte Ilsa.

Das Klingeln hörte auf. Einen Moment lang lauschten alle drei dem verklungenen Ton hinterher.

»Weiter, Doktor!«, drängte Winfried.

Dr. Kolbe atmete durch. *»Nach jedem deiner Besuche, Winfried, habe ich zwanzigtausend Euro an die Heilsarmee gestiftet. Auf diese Weise ist das Erbe dahingeschmolzen. Aber ruhig Blut, es ist noch etwas da. Warte noch ein bisschen, du wirst es bald erfahren …«*

Jemand klopfte heftig ans Fenster. Eine energisch aussehende Frau mittleren Alters presste einen Ausweis an die Scheibe. Daneben Paula. Alle Farbe war aus ihrem Gesicht gewichen.

»Die Kripo!«, sagte Winfried.

Dr. Kolbe machte ein sorgenvolles Gesicht. Bedächtig räumte er zwei Blumentöpfe beiseite und öffnete das Fenster.

»Machen Sie sofort die Haustür auf«, sagte die Frau ärgerlich. »Mein Name ist Carola Karberg, Hauptkommissarin. Ich ermittle das Attentat auf die Lehrerin Silke Drösel in Hamburg. Außerdem besteht der Verdacht, dass der Besitzer dieser Villa, Rudolph Poppinga, ermordet wurde. Ich muss mit Winfried Poppinga sprechen.«

»Wir dürfen den Raum nicht verlassen«, sagte der Doktor.

»Was soll der Quatsch. Sie glauben doch wohl nicht, dass ich durchs Fenster steige!«

»Angesichts dieser besonderen Situation erlaube ich mir …«, begann Dr. Kolbe umständlich.

Winfried befand sich bereits auf dem Weg zur Haustür.

*

Gemeinsam mit Winfried Poppinga und Paula Adam betrat die Hauptkommissarin das Esszimmer.

»Ich habe eben erfahren, was hier vor sich geht«, sagte sie zu den beiden älteren Leuten im Raum. »Sie sind …?«

»Hanspeter Kolbe, Doktor. Mediziner«, stellte sich Dr. Kolbe vor.

»Sind Sie der Arzt, der den Totenschein ausgestellt hat?«

»Der bin ich«, sagte Kolbe.

Carola Karberg begrüßte die ungepflegte Frau und durchsuchte ihr Gedächtnis. »Kannten Sie einen gewissen Arne Goldbek, Frau Schott?«, fragte sie.

»Mein Sohn!« Ilsa schluckte. »Mein Mädchenname war Goldbek.«

Bingo! Das ist die zweite Verbindung zwischen dem Mordfall Arne Goldbek und dem potentiellen Fall Rudolph Poppinga, dachte Carola Karberg. Silke Drösel und jetzt auch noch Ilsa Schott!

Dr. Kolbe wandte sich an die Umstehenden: »Dann unterbreche ich hiermit die Zusammenkunft. Wir fügen uns selbstverständlich den Wünschen der Frau Hauptkommissarin. Die Klausel mit dem Nichtverlassen des Raumes erkläre ich so lange für gegenstandslos.«

*

»Rudolph Poppinga wird bestimmt aufgeschnitten«, sagte Paula tonlos zu Ilsa Schott und Dr. Kolbe.

Die Kommissarin verhörte Winfried Poppinga im Arbeitszimmer. Paulas Magen rebellierte. Bei einer Obduktion würde herauskommen, dass Rudolph Poppinga zu wenige medizinische Wirkstoffe im Blut gehabt hatte, befürchtete sie. Heutzutage konnte man alles Mögliche an einer Leiche herausfinden. Paula war sich ziemlich sicher, über die Möglichkeiten der Rechtsmedizin im Bilde zu sein. Sie hatte genug Krimis im Fernsehen gesehen, um solche Dinge beurteilen zu können.

Nachdenklich ging sie in die Küche.

Ein Kamillentee, zur Beruhigung.

Während sie Wasser aufsetzte, malte sie sich die Schlagzeilen auf den Titelblättern aus: *Altenpflegerin bringt Patienten um*, *Altenpflegerin tötet aus Habgier* oder *Wer schützt unsere Alten vor ihren Pflegern?*

Der ganze Berufsstand würde mal wieder am Pranger stehen. Und vor allen Dingen: Verurteilung, mehrjähriger Gefängnisaufenthalt, der soziale Abstieg.

Paulas Herz pochte so schnell wie noch nie. Wie sollte sie das alles ertragen?

Die Tür zum Esszimmer war nur angelehnt. Paula hörte die aufgebrachte Stimme von Ilsa Schott. Sie spitzte die Ohren.

Ilsa Schott zeterte: »Du hast ihn doch gehasst, Hanspeter! Heuchle doch nicht herum. Würde mich überhaupt nicht wundern, wenn du etwas mit Rudolphs Tod zu tun hättest.«

Kolbe murmelte etwas.

Ilsa schrie: »Ich bin nicht hysterisch!« Leiser fügte sie hinzu: »Du hast dich doch bei Rudolph regelrecht eingeschleimt ...«

»Ilsa, ich habe dich einmal sehr begehrt. Ich hätte meine Frau damals für dich verlassen sollen. Du ahnst nicht, wie oft ich es bereut habe, es nicht getan zu haben.«

»Wärme doch diesen alten Mist nicht wieder auf, Hanspeter. Mein ganzes Leben war ein Haufen Scheiße, du hast nur deinen Anteil Kacke dazu beigetragen ...«

»Ilsa!« Dr. Kolbe war entsetzt. »Früher warst du ganz anders! Dezent, charmant und vor allen Dingen gepflegt! Was ist nur aus dir geworden?«

*

Paulas Instinkt riet ihr zur Flucht.

Im Ristorante *Roma* bat sie, das Telefon benutzen zu dürfen. Sie hatte Glück, der Telefonhörer am anderen Ende der Leitung wurde tatsächlich abgehoben.

War es Helene? Eine Sekunde lang bangte Paula, dann kam die Erlösung.

»Ja, bitte?«, fragte eine sonore Männerstimme.

*

Eine Viertelstunde später tauchte Jaroslaw mit seiner Schrottkarre vor dem Ristorante auf. Im Kofferraum befand sich eine große Reisetasche mit Kleidung und Waschsachen für Paula. Eine Plastiktüte auf dem Beifahrersitz enthielt eine alte Pralinenschachtel mit Paulas wichtigsten Unterlagen wie Sparbuch, Impfausweis und Reisepass.

»Ab zur Bank und dann zum Flughafen!« Paula setzte sich ins Auto.

»Bist du dir sicher, Paula?«

»Hast du noch das Geld vom alten Poppinga? Ich meine, die zehntausend Mark aus meiner Wohnung?«

»Es ist in der Brieftasche in meiner Jacke«, Jaroslaw tippte auf seine Brust. »Ich hab das Geld gleich am Donnerstagmorgen in Hamburg in Euro umgetauscht. Hab kaum etwas davon verbraucht in Polen.«

»Sag mal, warum hast du dich nicht bei mir gemeldet, Jaro? Ich dachte schon«, Paula lachte etwas unnatürlich, »du hast dich mit dem Geld auf und davon gemacht ...«

Jaro legte seine rechte Hand aufs Herz, während er das Auto lässig einhändig um eine scharfe Kurve steuerte.

»Ich schwöre, Paula, ich weiß, dass es dein Geld ist. Ich ...« Jaroslaw bremste scharf. Vor ihnen war ein LKW von rechts aus einer Seitenstraße gebogen. »Idiot«, schimpfte er.

Paula nahm seine Hand von seiner Brust und legte sie behutsam zurück auf das Lenkrad. »Fein«, sagte sie. »Dann haben wir ja ein ganz hübsches Sümmchen in der Reisekasse.«

»Hast wohl gedacht, der Pole ist mit dem Geld abgehauen, was?« Jaroslaw lächelte vor sich hin.

Paula zuckte mit den Achseln. »Und, kommst du mit mir?« fragte sie.

»Wo immer du hin willst.«

5.

Die Schöne und das Biest, dachte Oberkommissar Lars Thede, als er Stig-Sebastian Hansen und Melanie Goldbek im Garten der Goldbeks überraschte. Melanie hatte einem schlabberigen Seemannspullover und hochgekrempelte Jeans an. Sie harkte Laub vom Rasen zusammen. Ihr lockiges Haar war zum Zopf gebunden, sie sah natürlich und attraktiv aus. Der klobige Stig-Sebastian Hansen stand neben ihr. In seinem förmlichen, dunkelblauen Anzug wirkte er hier völlig deplaziert.

Er redete auf Melanie ein.

Ein ungleiches Täterpaar, klassisch für viele Kriminalfälle, überlegte Thede, während er dem Verlauf des gepflasterten Gartenwegs folgte und sich den beiden näherte.

»Sie geben sich viel Mühe mit der Gartenpflege, Frau Goldbek, was?«, begrüßte er die junge Witwe, die sich auf die Harke stützte. Unwillkürlich musste er an ein anderes Gartengerät denken, die Schere, die am Abend zuvor in Silke Drösels Rücken gesteckt hatte. »Herr Hansen, haben Sie schon Feierabend?«

»Mittagspause«, brummte Hansen.

»Du musst doch zurück ins Büro, Stig«, sagte Melanie sanft. »Ich glaube, der Herr Kommissar möchte sich mit mir unterhalten.«

»Nun, eine Frage habe ich an Sie beide«, sagte Lars

Thede. »Wo waren Sie gestern Abend zwischen zehn und halb zwölf?«

Melanie war schneller: »Ich war zu Hause«, haspelte sie. »Meine Schwiegermutter kann es bezeugen. Herr Hansen war zu Besuch bei uns. Wieso interessiert es Sie?«

»Silke Drösel ist gestern Abend vor ihrer Wohnungstür niedergestochen worden.«

»Mein Gott!«, entfuhr es Melanie.

»Ist sie tot?«, fragte Stig-Sebastian Hansen.

»Nein, sie hat Glück gehabt«, sagte Thede.

»Wer kann so etwas getan haben?«, fragte Hansen.

»Jemand, der Frau Drösel hasst?« Thede sah Melanie Goldbek an.

»Wieso starren Sie mich an!«, rief sie. »Warum sollte ich Silke Drösel etwas antun?«

»Aus Rache?«, schlug Thede vor.

Melanie Goldbek schüttelte den Kopf. »Wo kämen wir hin, wenn jede betrogene Ehefrau ihren Mann und dessen Geliebte kaltmachen würde …«

»Unser Volk würde noch schneller aussterben«, sagte Hansen und fügte keck hinzu: »Selbst wenn Silke Drösel Arne ins Wasser geschubst hat, würde mich das – ehrlich gesagt – nicht zu sehr stören.«

»Vor Kurzem haben Sie noch behauptet, ein guter Freund von Goldbek gewesen zu sein, Herr Hansen. Jetzt scheinen sie eher mit der Witwe auf vertrautem Fuß zu stehen«, sagte Thede scharf. Er genoss es, das selbstgerechte Pärchen nun verlegen schweigen zu sehen. Die Schöne bedient sich des Biests, das für sie die Drecksarbeit erledigt; so einfach kann es sein, dachte er. »Ihre Kollegen haben mir erzählt, Arne Goldbek habe Sie, Herr Hansen, als seinen persönlichen Fußabstreifer betrachtet. Er stellte sich selbst als tollen Hecht dar und stempelte sie zum Verlierer ab. Das macht bitter, was?«

»Übles Gewäsch«, murmelte Hansen, aber sein fahler

Teint hatte eine rötliche Färbung angenommen. »Jeder Mensch hat seine Qualitäten. Arne war gut aussehend und eloquent. Ich bin fleißig und schaffe meine Arbeit.«

Thede ließ diese Bemerkung im Raum stehen.

»Kann Ihre Schwiegermutter bezeugen, dass Sie zur Tatzeit gestern Abend im Hause waren, Frau Goldbek?«, fragte er.

»Nun, gesehen habe ich sie nicht …«, sagte Melanie zögernd. »Sie hielt sich im Gästezimmer auf, während Herr Hansen und ich im Wohnzimmer geredet haben.«

»Als ich mich gegen halb zwölf im Flur von Melanie verabschiedete, hörten wir aus dem oberen Stockwerk Stimmen und Musik«, meinte Hansen. »Weißt du noch, Melanie?«

»Meine Schwiegermutter dreht den Ton des Fernsehers immer fürchterlich laut auf. Sie wird wohl langsam etwas schwerhörig.«

Stig-Sebastian Hansen nickte und scharrte unruhig mit den Füßen.

»Gehen Sie nur, Herr Hansen«, sagte Thede. »Aber ich habe Ihnen ja schon gesagt, dass Sie jederzeit mit einer Einladung ins Präsidium rechnen müssen.«

Hansen machte sich auf den Weg.

»Darf ich Ihnen eine Erfrischung anbieten, Herr Thede?« Melanie stellte die Harke beiseite.

»Besitzen Sie eine Schere speziell für die Gartenarbeit, Frau Goldbek?«

»Wahrscheinlich. Im Baumarkt konnte Arne sich nie stoppen. Er hat alles Mögliche gekauft. «

»Wo werden solche Gerätschaften aufbewahrt?«

»Kommen Sie mit zum Geräteschuppen.« Sie zeigte auf ein Holzhäuschen am Ende des Gartens.

»Sie wirken so gefasst, Frau Goldbek«, wunderte sich Thede, während sie Seite an Seite den mit Granitsteinen gepflasterten Weg zurücklegten. »Gar nicht wie eine junge Frau, die gerade den Mann verloren hat, mit dem sie – wie viele Jahre eigentlich – zusammen war?«

»Wir haben uns in der Disko kennengelernt, er einundzwanzig, ich gerade erst siebzehn. Wir waren mal zusammen, dann wieder getrennt. So ging das jahrelang. Wir konnten nicht miteinander, aber auch nicht ohne einander.« Melanie strich sich im Gehen eine lockige Strähne aus dem Gesicht. »So eine Art von Beziehung war das. Bis Tristan vor acht Jahren geboren wurde. Als klar war, dass ich schwanger bin, haben wir geheiratet. Arne war total lieb zu mir ...«, Thede beobachtete, wie sich Melanies Gesichtsausdruck verdüsterte, »... bis ich im siebten, achten Monat war. Ich war ihm zu dick, und er streifte allein durch die Diskos und hatte Affären. Genau genommen war mir Arne nie so richtig treu. Wissen Sie, wenn es danach gegangen wäre, hätte ich ihn längst umbringen müssen. Ehrlich.«

»An eine Scheidung haben Sie nie gedacht?«

»Nein.«

»Aber dieses Mal? Ich meine, Arnes Beziehung zu Silke Drösel. Jetzt sind Sie wieder schwanger. Trifft es einen dann nicht viel härter?«

Sie waren am ochsenblutrot gestrichenen Geräteschuppen angekommen. Melanie legte die Hand auf den eisernen Türgriff und verharrte in dieser Pose.

»Ich erwarte kein Kind.« Sie sah ihn trotzig an. »Es war eine Notlüge.«

Lars Thede schwieg einen Moment lang überrascht.

Melanie ließ den Türgriff los, an dem sie Halt gesucht zu haben schien. Sie stemmte die Hände in die Hüften. »Stellen Sie sich vor: mit der Lehrerin meines Sohnes! Ich musste das irgendwie stoppen. Diese Drösel ist so ein gemeines, hinterhältiges Biest. Mein Sohn verehrt seine Klassenlehrerin geradezu. Sie tat immer so nett, dabei war sie scharf auf meinen Mann. Ich glaube, sie wollte mir nicht nur Arne stehlen, sondern auch mein Kind«, platzte es aus der eben noch so gefassten Melanie heraus.

»Wie ist Ihre Beziehung zu Stig-Sebastian Hansen, Frau Goldbek?«

»Er ist ein netter Mann. Er hilft mir durch eine schwere Zeit. Nicht mehr.« Melanie hielt Thedes zweifelndem Blick stand. »Mein Gott, Herr Thede, der ist nicht mein Typ. Was denken denn Sie! Mein Mann nannte Hansen immer einen Toilettenspanner. Aber das war typisch für Arne, andere Menschen abzuwerten. Ich habe festgestellt, dass Stig ein zuverlässiger Mensch ist, und ...«

»Zuverlässig, weil er Sie deckt, Frau Goldbek?«, fragte er lauernd.

»So'n Quatsch. Die Drösel ist schuld. Wieso nehmen Sie die nicht aufs Korn?«

»Können Sie uns Beweise liefern?«

»Hansen hat Ihnen doch erzählt, dass er die Drösel am Montagabend am Kanal gesehen hat!«

»Das ist ihm allerdings reichlich spät eingefallen, Frau Goldbek. So wie Ihnen plötzlich einfällt, uns endlich zu erzählen, dass Ihre Ehe schlecht war. Im Übrigen haben wir für Herrn Hansens Aussage bisher keine weiteren Zeugen gefunden. Etwas ganz anderes lässt sich dagegen eindeutig beweisen.« Lars Thede beobachtete Melanie genau. »Es gibt Videoaufnahmen, die Sie am Montagabend auf einem Bahnsteig in Hammerbrook zeigen. Was haben Sie dort, ganz in der Nähe vom Tatort, zu suchen gehabt, Frau Goldbek?«

Melanie verschränkte die Arme vor der Brust. »Brauche ich jetzt einen Anwalt?«, fragte sie unsicher.

6.

Im Wohnzimmer konfrontierte die Hauptkommissarin inzwischen Winfried Poppinga mit Silke Drösels Anschuldigung, er habe sie am Vorabend niedergestochen.

»Das ist absolut lächerlich.« Er war fassungslos. Was wollte Silke Drösel ihm da bloß anhängen? »Ich habe sie bewusstlos vor ihrer Wohnung gefunden und sofort den Notdienst alarmiert«, verteidigte er sich. »Mehr weiß ich auch nicht.«

»Hat Frau Drösel Sie an diesem Abend erwartet?«

»Keine Ahnung. Unsere eigentliche Verabredung hatte ich abgesagt.« Er räusperte sich. »Ein anderer Termin. Es war offen geblieben, ob ich danach noch zu Silke fahren würde.«

»War sie Ihnen deswegen böse?«

»Böse?«

»Hat Sie Ihnen die Absage übel genommen?«

Winfried überlegte einen Moment lang, dann nickte er: »Das kann schon sein.«

»In welcher Beziehung stehen Sie zu Frau Drösel?«

»Wir haben uns erst vorgestern kennengelernt. Sie ist die Nichte der Altenpflegerin meines verstorbenen Vaters. Wir waren uns sympathisch, sind uns sehr schnell nähergekommen.«

»Wie nahe?«

»So nah wie möglich.«

»Was haben Sie gestern Abend gemacht, bevor Sie Frau Drösel gefunden haben?«

»Ich war mit einer Bekannten essen. Dann bin ich mit dem Taxi zu Silkes Wohnung gefahren.« Winfried fummelte zwei Zettel aus seinem Portemonnaie und reichte sie der Kommissarin. »Also, ich habe hier eine Restaurantrechnung und die Taxiquittung.« Er sah der

Kommissarin direkt in die Augen. »Überlegen Sie mal, mit einer Schere! Für wie bescheuert halten Sie mich?«

»In der Nacht zuvor ist Ihr Vater hier im Hause gestorben?«, fragte Carola Karberg ungerührt.

Winfried bestätigte es.

»Wer befand sich in jener Nacht im Haus?«, bohrte sie weiter.

»Paula Adam, Silke und ich.«

»Silke Drösel sagt, sie hat beobachtet, wie Sie Ihren Vater mit einem Kissen erstickt haben.«

»Schwachsinn!«

»Sie haben ihr also nicht nach dem Leben getrachtet, weil sie die Zeugin des Mordes ist?«

»Lächerlich!« Winfried lachte hämisch. »Mein Vater ist an einem Herzanfall gestorben. Fragen Sie doch Doktor Kolbe.«

»Wir prüfen das natürlich alles sehr genau, Herr Poppinga.« Carola Karberg fuhr sich durch ihr stoppelkurzes Haar. »Die Leiche Ihres Vaters ist zur Obduktion freigegeben worden.«

»Nur zu! Ich habe nichts zu befürchten.«

»Wir werden sehen, Herr Poppinga. Sie können jetzt gehen.«

*

Winfried machte sich keine großen Sorgen wegen Silkes Anschuldigung. Es war einfach zu absurd. Etwas anderes bereitete ihm größeres Kopfzerbrechen. Er überlegte, wie oft er in den letzten Jahren seinen Vater besucht hatte. Vermutlich fünfzehnmal, zählte er zusammen. Fünfzehn mal zwanzigtausend Euro, das machten dreihunderttausend Euro Spendengelder an die Heilsarmee! Er fasste sich entsetzt an den Kopf.

Zum Glück war er so schlau gewesen und hatte wenigstens den Schmuck schon eingesackt. Moralisch betrachtet, war er sowieso der rechtmäßige Eigentümer. Der Schmuck hatte seiner Mutter gehört. Damit hatte so ein Ilsa-und-Rudolph-Abkömmling doch überhaupt nichts zu tun! Es war zum Haareraufen! Nun war diese lächerliche Zusammenkunft unterbrochen worden, und noch immer wusste er nicht, wie hoch sein Erbe letztendlich ausfallen würde. Eigentlich sollte er sich ausschließlich darum sorgen, seine Firma vor dem Ruin zu retten. Stattdessen war sein Leben innerhalb von drei Tagen immer komplizierter geworden.

Winfried schaltete die Kaffeemaschine an.

Hätte er sich doch nur nicht mit Silke Drösel eingelassen!

Es war sein Fluch, er konnte attraktiven Frauen einfach nicht widerstehen. Und er konnte nicht treu sein. Da waren Eifersuchtsdramen vorprogrammiert. Wahrscheinlich war Silke in Rage darüber geraten, dass er sie versetzt hatte, und nun rächte sie sich auf so perfide Weise. Wie konnte sie nur annehmen, er habe sie niedergestochen? Im Gegenteil, gerettet hatte er sie, dachte Winfried empört. Und auch die Behauptung, er habe seinen Vater umgebracht, war eine Frechheit. Er war doch kein Mörder! Jemandem den Tod zu wünschen, war etwas gänzlich anderes! Winfried ohrfeigte sich in Gedanken selbst, sich nicht sofort gegen Silkes absurden Verdacht gewehrt zu haben. Er hatte das Gefühl, als gerate er immer tiefer in einen Sumpf.

Die Küchentür wurde geöffnet. Der Doktor erschien gramgebeugt im Zimmer. »Kaffee ist eine gute Idee.« Er lehnte sich mit verschränkten Armen an den Küchenschrank.

Die Kaffeemaschine machte gurgelnde Geräusche.

»Jetzt ist Ilsa an der Reihe«, sagte Dr. Kolbe. »Die Kommissarin hat sie zur Vernehmung gebeten.«

»Ich kann nicht glauben, was hier passiert«, sagte Winfried dumpf.

Der Doktor nickte stumm.

»Was wollte die Kommissarin von Ihnen, Doktor?«

»Alles über Rudolph wissen. Vor allen Dingen über euer Vater-Sohn-Verhältnis. Dann die ganze Geschichte mit Ilsa Schott und Arne ...«

»Ich verstehe die Aufregung um meinen Vater überhaupt nicht, Doktor. Sie haben doch selbst diagnostiziert, dass es sich um einen Herzinfarkt gehandelt hat.« Winfried nahm die Kaffeekanne und schenkte das heiße Getränk in zwei große Tassen ein. Er schob dem Doktor das Milchkännchen und die Zuckerdose zu.

»Viele Wege führen zum Herzanfall«, sagte Doktor Kolbe müde.

»Sie glauben auch, dass irgendjemand nachgeholfen hat?«, sagte Winfried skeptisch.

»Ich wollte niemanden wegen Rudolph in die Pfanne hauen. Ich mag dich und Paula, und auch die Nichte ist eine äußerst sympathische Person.« Der Doktor rührte umständlich den Zucker in seiner Tasse um. »Rudolph wäre über kurz oder lang sowieso gestorben, da wollte ich kein großes Aufsehen veranstalten. Das habe ich auch der Dame von der Kripo gesagt. Und Paula ist eine so zuverlässige Pflegerin, ich habe ihr wieder und wieder erklärt, sie solle deinem Vater am frühen Morgen eine Tablette verabreichen ... «

»Paula hat meinen Vater auf dem Gewissen?«

Der Doktor schwieg vielsagend.

Winfried war verblüfft. Er musste sich erst an den Gedanken gewöhnen, dass Paula Adam eines Mordes fähig war. Und doch: Eine gewisse Durchtriebenheit gehörte zweifellos zu ihrem Charakter, warum also nicht.

»Ach, nein«, antwortete der Doktor plötzlich gedehnt.

»Sie wollen Paula beschützen, nicht?«, sagte Winfried stirnrunzelnd. »Ich verstehe Ihre Haltung nicht so ganz, Doktor Kolbe. Ich dachte immer, Sie und Vater seien die besten Freunde. Sie haben sich gegenseitig doch so geschätzt ...«

»Kannst du dir tatsächlich vorstellen, dass dein Vater irgendeinen Menschen geachtet hätte?«

Winfried wusste nicht, was er dazu sagen sollte. Er war erstaunt, wie falsch er Doktor Kolbe eingeschätzt hatte.

Schweigend tranken die Männer ihren Kaffee.

»Wenn mein Vater also tatsächlich umgebracht wurde«, sagte Winfried schließlich in die Stille hinein, » dann kommen doch außer mir – und ich weiß ja, dass ich es nicht war – nur noch Paula und Silke in Frage, denn die beiden schliefen ja in jener Nacht ebenfalls im Haus.«

»Nun, es gibt noch eine vierte Möglichkeit«, sagte Dr. Kolbe.

Winfried blickte den Arzt erwartungsvoll an.

»Mister X«, sagte Dr. Kolbe vollkommen ernst.

*

Im Gespräch mit der Hauptkommissarin brach Ilsa Schott zusammen. Dabei war Carola Karberg zunächst nur an generellen Informationen interessiert, denn Ilsa schien nicht direkt etwas mit dem Tod von Rudolph Poppinga zu tun zu haben. Auch als Mörderin ihres eigenen Sohnes schied sie aus: Nachweislich hatte sie den Montagabend bei einem Naturschutzbund-Vortrag auf Norderney verbracht.

Doch bevor die Hauptkommissarin eine Routinefrage stellen konnte, explodierte Ilsa Schott bereits: »Haben Sie endlich die Frau überführt, die meinen Sohn ermordet hat? Es ist doch geradezu lächerlich, sich jetzt um Rudolph Poppinga zu kümmern. Sie haben doch wohl etwas Wichtigeres zu tun, als einen toten Greis aufzuschneiden!«

Sie stellte sich dicht vor Carola Karberg. »Es ist doch glasklar: Die Lehrerin hat Arne auf dem Gewissen! Sie konnte es nicht ertragen, dass mein Sohn sie verlassen wollte. Hansen hat sie doch am Tatort gesehen! Warum haben Sie die Frau nicht verhaftet?«

»Unsere Ermittlungen sind noch im Gange, Frau Schott ...«

»Weil Sie nicht zu Potte kommen, musste ich handeln«, stieß Ilsa hervor und zog einen Flachmann aus der unförmigen Tasche ihres blauen Kleides.

»Was soll das heißen?«

Ilsa nahm einen kräftigen Schluck aus dem Fläschchen. »Sie kommen über kurz oder lang ja doch drauf, Frau Kommissarin. Leider habe ich nicht an die Fingerabdrücke auf der Gartenschere gedacht. Ich habe das Flittchen niedergestochen. Jemand musste es tun. Die Drösel hat Tristan den Vater genommen und mir mein geliebtes Kind ...«

*

Winfried nutzte die Aufregung um Ilsa Schotts Verhaftung und schlich sich zurück in das Esszimmer. Es war ihm nicht entgangen, wie der Doktor nach der Unterbrechung durch die Hauptkommissarin das schriftliche Vermächtnis auf dem Sideboard abgelegt hatte. Es lag noch immer dort. Neugierig machte sich Winfried daran, das Schriftstück zu lesen. Er überflog die ersten beiden Seiten, deren Inhalt er ja bereits kannte. Auf Seite drei blieb er an der entscheidenden Stelle hängen:

Die Schmuckschatulle vermache ich als Andenken an seine Mutter Emilie meinem Sohn Winfried Arnold Poppinga. Die Villa samt Inventar, das dazugehörige Grundstück und das Ferienhaus auf Norderney samt Grundstück vermache ich meinem lieben, treuen Freund Doktor Hanspeter Kolbe. Je zur Hälfte gehen sämtliche anderen Vermögenswerte an meine beiden leiblichen Söhne Winfried Arnold Poppinga und Arne Goldbek.

Eine aktuelle Übersicht hierzu ergibt sich aus der Anlage zu diesem Schreiben.

Fieberhaft blätterte Winfried nach der Finanzübersicht. Da stand es:

Sparbuchguthaben: 1.567,-- Euro
Wertpapierdepot ca. 30.000,-- Euro

Roundabout dreißigtausend Euro geteilt durch zwei. Das waren Peanuts! Winfried war schockiert.

Mit fünfzehntausend Mäusen war seine PR-Agentur nicht zu retten!

Es war ein Skandal: Doktor Kolbe sollte die Immobilien kassieren. Der niederträchtige Erbschleicher! Winfried würde einen Anwalt einschalten und gegen das Vermächtnis juristisch vorgehen. Aber in der aktuellen Situation nutzte ihm sein Vorhaben wenig, denn was er überhaupt nicht besaß, war Zeit. Und solche Erbstreitigkeiten konnten sich über Monate, vielleicht über Jahre, hinziehen.

Immerhin, der Schmuck gehörte ihm. Ein Trostpflaster. Vielleicht könnte er damit etwas in London bewirken.

Winfried rief Katrin Großkötter im Büro an, um sich auf den neuesten Stand der Dinge bringen zu lassen.

»Winfried! Verdammt! Wieso meldest du dich erst jetzt«, brauste sie auf. »Hier geht es drunter und drüber. Die Nerven der Gläubiger liegen blank, und Edwina ist auf hundertachtzig. Wieso hast du dich noch immer nicht bei deiner Ex gemeldet? Sie liegt mir stündlich in den Ohren ...«

»Katrin! Ganz ruhig«, unterbrach Winfried seine Mitarbeiterin. »Ich setze mich sowieso in ein paar Stunden in den Flieger. Und ich kümmere mich noch heute Abend um Edwina, versprochen. Halte die Stellung, Katrinchen. Du hast mein vollstes Vertrauen, bist doch mein Fels in der Brandung ...«

»Spar dir dein Gesülze, ich mach Feierabend, bye«, knurrte Katrin und Winfried verstand, sie war ernsthaft verstimmt.

Er schaute auf die Uhr. Bevor sein Flieger nach Heathrow startete, war noch etwas Zeit, um im Krankenhaus nach Silke Drösel zu schauen und reinen Tisch zu machen.

*

Carola Karberg war zufrieden mit sich. Die einzelnen Puzzleteile des Falles Goldbek/Poppinga ergaben langsam ein Bild. Jetzt musste sie noch die Altenpflegerin Paula Adam befragen. Die Frau, die sie vorhin im Vorgarten der Villa abgefangen hatte, wirkte nett. Sie hatte es sicherlich schwer mit dem alten Poppinga gehabt, dachte die Kommissarin. Nach allem, was sie bisher über Rudolph Poppinga erfahren hatte – auch über sein Vermächtnis – musste der Verstorbene ein grauenhafter Mensch gewesen sein. Carola Karberg sah die Parallele zum unehelichen Sohn Arne Goldbek, der – abgesehen von der in leuchtenden Farben gemalten Schilderung der Mutter – wohl auch ein ziemlich fieser Typ gewesen war. Zwei Menschen, die hinreichend von verschiedenen Mitmenschen gehasst worden waren, dachte die Kommissarin, wenn das kein Motiv für Morde war, was dann?

Durstig spürte die Hauptkommissarin dem Kaffeeduft hinterher, der zu ihr herüberwaberte.

Dr. Kolbe saß in der Küche und brütete schweigend vor sich hin.

»Wären Sie so freundlich, Paula Adam Bescheid zu sagen? Ich möchte sie sprechen«, bat Carola Karberg ihn.

Mit einer zu voll geschenkten Tasse balancierte sie ins Wohnzimmer zurück. Nach einer Weile steckte der Arzt seinen Kopf durch den Türspalt.

»Ich kann Frau Adam nicht finden«, sagte er.

»Vielleicht ist sie im Garten?«

»Nein.«

»Aber ich habe ihr doch gesagt, sie soll hier warten.« Carola Karberg war verärgert.

»Was machen wir denn jetzt mit dem Testament?«, fragte Dr. Kolbe.

Die Hauptkommissarin zuckte mit den Achseln.

7.

Am Last-Minute-Schalter in Fuhlsbüttel erwarben Paula und Jaroslaw zwei Flugtickets nach Rio de Janeiro via Paris. Paula meinte irgendwo gelesen zu haben, Verbrecher setzten sich gerne in den südamerikanischen Staat ab, weil Brasilien nicht so leicht ausliefere. Jaroslaw summte das Lied vom *Girl from Ipanema*, und Paula bewunderte das warme Timbre seiner Stimme.

»Du bist völlig verrückt, mit mir zu kommen. Wir kennen uns doch fast gar nicht«, sagte sie verwundert.

»Paula, du bist lebensfroh und nicht so kompliziert, und genau so eine Frau brauche ich für ein Leben, wie es mir gefällt. Voller Abenteuer muss es sein.« Er grinste.

»Ach was, Jaro, dich interessieren doch bloß die schönen, wenig bekleideten Mädchen von der Copacabana.«

*

Auf dem Flughafen in Paris kaufte Paula eine Postkarte mit dem Eiffelturm als Motiv. Sie setzte sich in der Wartehalle auf einen freien Platz, nahm das Klatschblatt – Silke nannte so etwas People-Magazin –, das sie auf dem Zubringerflug erhalten hatte, als Unterlage, und schrieb einige Zeilen an ihre Nichte. In kurzen Sätzen erklärte sie die Situation.

Paula suchte einen Briefkasten und steckte die Postkarte ein. Langsam schlenderte sie zu ihrem Platz zurück.

In der Abflughalle herrschte eine leicht gespannte Unruhe. Paula fühlte sich gleichzeitig an- und abgestoßen vom Betrieb auf dem Flughafen. Einerseits fand sie es aufregend, mit so vielen Menschen aus aller Welt darauf zu warten, weitertransportiert zu werden, andererseits fühlte sie sich ein bisschen verloren in der Menge. Alle wussten genau, wohin sie wollten und was sie dort erwartete. Aber vielleicht täuschte sie sich auch, dachte Paula. Vielleicht gab es auch unter den anderen Reisenden einige Flüchtlinge und Gestrandete. Sie war froh, Jaroslaw an ihrer Seite zu haben. Der Pole war schon oft geflogen, während Paula in ihrem Leben, bis auf eine Tour mit einer Reisegruppe nach Bulgarien, noch keine Flugreise unternommen hatte. Die vielen Lautsprecherdurchsagen verunsicherten Paula, die außer ein wenig Russisch keine Fremdsprachen beherrschte.

Sie zog eine Plastikflasche aus ihrer Handtasche, trank einen Schluck Mineralwasser und blickte sinnend hinüber zur Raucherzone. Dort unterhielt sich Jaroslaw lebhaft mit einigen Reisenden.

Wieder überlagerte eine Lautsprecherdurchsage das Gemurmel der Wartenden. Paula beobachtete, wie Jaroslaw aufhorchte. Er starrte auf einen der Bildschirme, die Auskunft über die An- und Abflüge gaben. Dann steuerte er auf sie zu.

»Unser Flug nach Rio hat zwei Stunden Verspätung. So ein Mist«, sagte er enttäuscht.

»Pech. Sag mal, Jaro …«, setzte Paula an, doch Jaroslaws Aufmerksamkeit wurde von den Leuten aus der Raucherzone abgelenkt, die ihm zuwinkten. Einer von ihnen deutete auf die Anzeigetafel und wedelte mit einer Zigarettenpackung.

»Chwileczke! Moment!« Jaroslaw winkte lachend zurück. »Das sind Landsleute von mir«, erklärte er Paula. »Saisonarbeiter aus Lodz. Es ist schön, wieder einmal Polnisch zu reden.«

»Ich denke, du warst gerade erst in Polen.« Paula ärgerte sich über den misstrauischen Klang in ihrer Stimme, doch Jaroslaw nahm es gar nicht wahr. Er zog eine Tablettenschachtel aus der Hosentasche, fummelte eine Pille aus einer Plastik- und Aluminiumfolie und warf sie sich ein.

»Darf ich?« Er nahm einen Zug von Paulas Mineralwasser und spülte damit die Tablette hinunter.

»Kopfweh?«

»Nein, der Magen. Wir sind nicht mehr die Jüngsten, Paula.«

Er schaute auf seine dicke, gelbgoldene Armbanduhr. Billiger Talmischmuck, dachte Paula.

»Meine Landsleute müssen gleich los. Der Check-in für den Flug nach Warschau ist in zwanzig Minuten.«

»Geh nur zu ihnen, Jaro.«

Jaroslaw schenkte ihr einen Kuss und verschwand wieder in der rauchenden Männertruppe.

Paula betrachtete die leere Aluminiumverpackung, die er achtlos auf einen leeren Platz geworfen hatte. Sie musste an die Medizin denken, die Doktor Kolbe ihr für den alten Poppinga gegeben hatte. An jenem Abend war der Doktor ganz schön nervös gewesen.

Er hatte ihr alles dreimal erklärt.

Trotzdem hatte sie es verbockt. Rudolph Poppinga war wegen ihrer Fahrlässigkeit gestorben.

Ilsa hatte behauptet, der Doktor habe den Alten gehasst. Offensichtlich waren beide Kerle früher einmal Rivalen um die Gunst der ehemaligen Haushälterin gewesen. Trotzdem hatte Dr. Kolbe immer so getan, als sei er Poppingas bester Freund.

Mit dem Doktor stimmte etwas nicht, das spürte Paula jetzt deutlich. Sie sah es plötzlich ganz klar vor sich: Er musste das Gebiss in die Schatulle getan und dafür den Schmuck an sich genommen haben.

So ein scheinheiliger Kerl!

Sie riss die Augen auf: Vielleicht hatte Dr. Kolbe sogar gewollt, dass Rudolph Poppinga starb. War Poppingas Tod am Ende gar nicht ihre Schuld?

Wie ein Gummiball sprang sie vom Sitz auf.

Verflixt, wieso vergaß sie ihr krankes Knie nur immer wieder? Sie strengte sich an, nicht zu sehr zu humpeln, als sie sich der Raucherzone näherte.

Sie packte Jaroslaw am Ärmel: »Ich muss sofort mit dir sprechen.«

»Was ist denn so wichtig, Paula?« Jaroslaw zog lässig an seiner Zigarette. Die anderen Männer feixten. Paula fühlte sich plötzlich wie in einem Bienenkorb. Die Polen summten ihre melodischen Laute, und sie verstand kein Wort. Alle redeten auf Jaroslaw ein, der verlegen lächelte.

»Dein plötzlicher Aufbruch nach Polen. Sag mir die Wahrheit! Kann es sein, dass du in jener Nacht, als Poppinga starb, in der Villa warst?«

Über Jaros Gesicht huschte ein Schatten.

»Hast du den Alten gesehen?«, insistierte Paula. »War er da noch lebendig?«

Er zog sie von den anderen weg. »Ach, Paula, es war schrecklich. Ich bin nachts mit einem nachgemachten Schlüssel in die Villa gelangt.«

»Jaro!« Paula war enttäuscht.

»Der Alte ächzte vor sich hin. Bemerkte mich nicht. Plötzlich, ich hätte es nicht für möglich gehalten, schreit er wie ein Berserker nach dir«. Jaroslaw runzelte die Stirn. »Na, ich wusste doch, dass dieser Winfried im Haus war. Bin nervös geworden. Hab mir ein Kissen gegriffen und hab den Alten damit wohl ziemlich erschreckt. Er hat sich jedenfalls ans Herz gefasst und ist dann ... erloschen.«

»Mein Gott, Jaro!«

»Dabei hab ich überhaupt nichts gemacht, ehrlich.« Jaro war sichtlich geknickt. »Ich hab mir das Geld geschnappt, das unter der Matratze versteckt war. Dann nichts wie weg. Mann! Ich bin selbst fast zu Tode erschrocken.«

Ein Herzinfarkt. Also doch! Paula schluckte schwer. »Dann war es überhaupt nicht meine Schuld!«

»Wieso? Was meinst du, Paula?«

»Ach, ist schon gut.«

Vermutlich war Jaro das, was man einen Kleinkriminellen nannte, dachte sie. Diese Art von Nebenerwerb begeisterte sie keineswegs. Aber sie war lieber mit einem ehrlichen Ganoven zusammen als mit einem verschlagenen Saubermann.

Mit Doktor Kolbe stimmte etwas nicht! Und wenn er sich Emilies Preziosen unter den Nagel gerissen haben sollte, so wollte Paula ihm das keineswegs durchgehen lassen. Wenigstens auf eines der Schmuckstücke hatte sie sich ein Anrecht erworben. Die schöne Löwenkopfbrosche würde sich prächtig an ihrem Busen ausnehmen.

»Ich will nicht mehr nach Brasilien«, sagte sie entschlossen. »Jedenfalls nicht jetzt.«

Er schaute sie verständnislos an.

Wäre sie dreißig Jahre jünger gewesen, sie wäre eingeknickt, wenn ein Mann, der ihr gefiel, sie so angesehen hätte. Alles hätte Paula dafür getan, um so einen Kerl glücklich zu machen. Doch inzwischen war sie sich selbst ein kleines bisschen wichtiger als alle Männer dieser Welt. Wenn Jaroslaw sie wirklich toll fand, dann würde er ihr die Meinungsänderung nicht übel nehmen.

»Wo willst du denn hin?«, fragte Jaroslaw betroffen.

»Zurück.«

»Ich denke, du hast Schiss vor den Bullen.«

»Wie kommst du denn darauf?«

»Du hast gesagt, du brauchst dringend eine Luftveränderung. Dann ist die Sache doch wohl klar …«

Paula hatte Jaroslaw über ihre Motive, so plötzlich nach Brasilien zu wollen, im Unklaren gelassen. Er hatte nicht gefragt.

»Das war Quatsch. Hilfst du mir, ein Ticket nach Hamburg zu kaufen?«

»Bist du verrückt! Wir haben die teuren Tickets nach Rio!«

»Flieg du schon mal vor. Wenn ich die Angelegenheit in Deutschland erledigt habe, komme ich nach.«

Täuschte sie sich, oder glitzerten in seinen Augen tatsächlich Tränen? Er zog etwas aus der Innentasche seiner Jacke.

»Diesen Bernsteinanhänger wollte ich dir eigentlich erst in Rio schenken«, sagte Jaroslaw. »Aber weil wir uns nun mal trennen müssen, möchte ich ihn dir jetzt geben.« Ein großer Klunker des gelben Goldes der Ostsee schimmerte in seinen Händen.

»Hast du den aus Polen mitgebracht?«

»Ja. Ich möchte, dass du ihn trägst und mich nicht vergisst.«

»Das kann ich doch nicht annehmen.«

Nirgendwo auf der Welt hatten die Schönheitschirurgen mehr zu tun als in Brasilien, meinte Paula irgendwo gelesen zu haben. Selbst in fortgeschrittenem Alter sahen Frauen, die es sich leisten konnten, dort noch beneidenswert makellos aus. Sollte sie diesen Mann wirklich allein nach Rio de Janeiro lassen, wo kaffeebraune Schönheiten lockten und verführten?

8.

Carola Karberg saß im Kommissariat und las aufmerksam das Protokoll der Vernehmung von Melanie Goldbek.

»Montagabend gegen sieben Uhr rief Stig-Sebastian Hansen mich vom Büro aus an. Hansen hatte mitgekriegt, dass sich Arne mit der Drösel treffen würde. In einem Restaurant. Ich musste es verhindern. Arne hatte mir erst einen Tag zuvor hoch und heilig versprochen, sich nicht noch einmal mit dieser Person einzulassen. Ich war misstrauisch, ich kannte doch seine leeren Versprechungen. Ich habe meinen Sohn ins Bett geschickt und ihm ein leichtes Schlafmittel verabreicht. Ich weiß, so etwas macht man eigentlich nicht, aber ich wollte sichergehen, dass er ruhig schläft. Ich bin bis Hammerbrook gefahren und habe Arne mit einem Anruf nach draußen gelockt. Es war dunkel und ungemütlich. Aber Arne hat seinen großen stabilen Regenschirm aufgespannt. Ich habe gedroht, das Baby abzutreiben, wenn er nicht sofort eine SMS an die Drösel schreibt, dass er nur seinen Spaß mit ihr haben wollte. Na ja, es sollte rüde und abstoßend klingen. Ich war etwas hitzig, das gebe ich zu. Als er die SMS abgesendet hatte, waren wir irgendwie am Kanal gelandet. Arne sah mich an und sagte so etwas wie: »So, jetzt hast du deinen Willen bekommen. Aber ich warne dich, wenn du wieder so fett wirst wie bei Tristan, dann suche ich mir die Nächste.« Da bin ich auf ihn los. Es war albern. Er hat nur gelacht. Trotzdem hat er mit dem großen Schirm Schritte rückwärts gemacht und ist gestolpert. Der Regenschirm schleuderte auf mich zu. Als ich wieder freie Sicht hatte, lag Arne auf dem Boden. Er war mit dem Kopf auf so einen eisernen Poller geknallt. Solche Dinger, an denen man Boote anbinden kann, meine ich. Sein Gesicht glänzte nass im Licht der Straßenbeleuchtung. Ich glaube, er blutete am Kopf.

Ich fühlte mich so leer. Dann habe ich mich umgedreht und bin einfach abgehauen. Ich hätte nie gedacht, dass er tot ist. Um mich herum habe ich überhaupt nichts mehr wahrgenommen. Dass der Stig mich auf dem Bahnsteig gesehen hat, erfuhr ich erst am nächsten Tag von ihm, nachdem Arnes Leiche gefunden worden war.«

Carola Karberg dachte nach. Das war eine ziemlich gewagte Konstruktion, die Melanie Goldbek der Kripo auftischte. Trotzdem mochte es wahr sein, denn es warf nicht das beste Licht auf die junge Frau. Unterlassung einer Hilfeleistung, und das noch am eigenen Mann! War Melanie tatsächlich weggelaufen oder hatte sie den Kopf ihres Gatten auf den Poller geschlagen? Laut Obduktionsbericht wies Goldbek Schädelfrakturen auf, die auf Fremdeinwirkung schließen ließen. Allerdings hätte es die zarte Frau kaum geschafft, ihren Mann in den Kanal zu befördern, überlegte Carola Karberg. Wenn Melanie die Täterin war, so hatte sie höchstwahrscheinlich Hilfe erhalten. Von Hansen? Laut Thedes Beobachtungen verstanden sich die junge Witwe und Arnes Kollege ausgesprochen gut.

Immerhin war der Anschlag auf Silke Drösel heute ohne große Probleme aufgeklärt worden. Es gab das Geständnis von Arne Goldbeks Mutter, die Lehrerin hinterrücks mit einer Schere aus dem Gartengeräteschuppen ihres Sohnes niedergestochen zu haben. Ilsa Schott saß jetzt in Untersuchungshaft. Das Obduktionsergebnis für Rudolph Poppinga ließ noch auf sich warten.

Und Silke Drösel? Offensichtlich verheimlichte sie etwas. Die Lehrerin hatte ihre Verabredung mit Arne Goldbek am Montagabend verschwiegen. Sie hatte behauptet, den Abend zu Hause verbracht zu haben, was ihr schnell widerlegt worden war. Sie war mit dem Auto zum Zeitungskiosk gefahren und angeblich wieder nach Hause zurückgekehrt, wofür es keine Zeugen gab.

Zweifelsohne konnte Silke Drösel vom Kiosk weiter zu einem Restaurant gefahren sein, um sich mit ihrem Liebhaber zu treffen. Wenn es so war, gab es möglicherweise jemanden, der beobachtet hatte, wann die Drösel das Lokal verließ.

Zur Tatzeit?

Es war wichtig herauszufinden, wo Silke Drösel den Abend über wirklich gesteckt hatte. Außerdem musste Stig-Sebastian Hansen noch einmal auf den Zahn gefühlt werden. Und auch Melanie Goldbek blieb weiterhin tatverdächtig.

Carola Karberg griff nach dem Telefonhörer, vielleicht war Hansen noch in der Versicherung zu erwischen. Aber es meldete sich nur ein Band. Na klar, die machen natürlich freitags pünktlich Feierabend, dachte die Kommissarin. Wahrscheinlich hätte sie auf ihre Eltern hören sollen und statt zur Kripo zu gehen lieber eine Ausbildung in einer Bank oder einer Versicherung machen sollen. Feste Arbeitszeiten und weniger Gefahr.

Auf der Handynummer hatte sie mehr Glück.

»Herr Hansen, nur eine Frage. Wissen Sie vielleicht, welche Restaurants Arne Goldbek bevorzugte? Insbesondere, um Frau Drösel auszuführen?«

Hansen brauchte ein halbe Ewigkeit, um sich zu erinnern, aber dann rückte er mit den Namen von vier verschiedenen Restaurants in Hammerbrook und Umgebung heraus.

Na bitte, dachte Carola Karberg, damit konnte man etwas anfangen. Doch zunächst, so beschloss sie, würde sie auf dem Weg nach Hause Silke Drösel im Krankenhaus einen kurzen Besuch abstatten.

9.

Silke saß aufrecht im Krankenhausbett und spürte dem Pochen und Stechen in ihrem Körper nach.

Die Schmerzen waren nur gerecht!

Wie satt sie ihr Leben hatte!

Seit heute Morgen sammelte sie alle Tabletten, die man ihr gab, vielleicht würde sie sich daraus zu Hause einen Spezialcocktail mischen.

Jetzt war es fast achtzehn Uhr. Vor einer halben Stunde war Carola Karberg von der Kripo gekommen und hatte Silke mitgeteilt, dass Arnes Mutter Ilsa Schott die Attentäterin gewesen war. Winfried Poppingas Weste sei in dieser Beziehung schon mal rein, hatte die Kripo-Zicke mit so einem komischen Unterton in der Stimme behauptet. Doch anstatt Silke mit dieser Neuigkeit allein zu lassen, damit sie in Ruhe darüber nachdenken konnte, hatte die Kommissarin sie mit Fragen zu Arne Goldbeks Tod gelöchert. Wieso hatte Silke nicht die Wahrheit gesagt? In welchem Restaurant war sie am Montagabend mit Arne Goldbek gewesen? Blablabla. Silke sah wirklich nicht ein, warum sie dieser unfreundlichen Frau helfen sollte.

Eine Krankenschwester rauschte mit einem Rollwagen herein, stellte eilig Tabletts – eins für Silke und eins für die Patientin, mit der sich Silke seit heute Mittag ein Zweibettzimmer teilte – mit dem Abendessen ab und verschwand ebenso schnell, wie sie gekommen war.

Silke spürte eine Woge des Selbstmitleids aufwallen: Sie war an Leib und Seele beschädigt, und sie war so verdammt allein. Deprimiert hob sie die Plastikhaube hoch, die das Essen schützte. Sie zuckte zurück: Ein penetranter Wurstgeruch, begleitet von einem etwas schwächeren Käseduft, eroberte augenblicklich Nasenhöhle und Riechschleimhaut. Jagdwurst und Edamer, graues Misch- und blasses Knäckebrot, ein Schälchen mit Kräuterquark mit einem leicht angetrockneten Tomatenachtel garniert. Margarine.

Die pure Trostlosigkeit.

In ihrer Niedergeschlagenheit überhörte Silke das Klopfen an der Tür. Ein gut aussehender, schlanker Mann, mit einem kurz gebundenen Strauß pfirsichfarbener Rosen in der einen Hand und einem kleinen Reisekoffer in der anderen, trat ins Krankenzimmer.

»Du«, sagte sie überrascht.

»Blass siehst du aus.« Winfried Poppinga legte ihr den Blumenstrauß auf die Bettdecke.

»Kein Wunder, oder?« Silke schnupperte an den Blüten. Die Rosen verströmten keinen betörenden Duft. Sie rochen nur ein bisschen nach Grünzeug. »Wie lieb«, sagte sie.

Er schob sich den Besucherstuhl vom Fußende des Bettes in eine günstigere Position. Dann deutete er auf das leere, leicht zerwühlte zweite Bett.

»Schlüsselbeinbruch. Kompliziert.« Sie lächelte schwach. »Raucht wie ein Schlot und ist deshalb selten im Zimmer.«

»Umso besser, dann können wir in Ruhe reden.« Winfried presste seine Handflächen aneinander. »Um Himmels Willen, Silke, erkläre es mir, wieso hast du mich verdächtigt?«

»Es tut mir so leid, ehrlich«, sagte sie zerknirscht. »Ich habe mich in etwas hineingesteigert. Dieses Attentat war so ein Schock für mich ...«

Winfried merkte, wie sich seine Wut langsam auflöste. Kaum vorstellbar, dass diese Frau, die hier so reumütig und verletzlich vor ihm lag, jemals in böser Absicht gehandelt haben konnte.

*

Paula kam sich vor wie eine Jetsetterin.

Hamburg – Paris – Rio de Janeiro (na gut, fast) – und wieder Hamburg. Alles an einem Tag. Leicht euphorisiert zeigte sie der ihr eigenen Sparsamkeit eine lange Nase und gönnte sich ein Taxi vom Flughafen Fuhlsbüttel zur Uniklinik in Eppendorf. Während der Taxifahrer sein Auto geschickt durch den Feierabendverkehr navigierte, drehte Paula gedankenverloren den Bernsteinanhänger in ihren Händen.

Wie lieb von Jaroslaw.

Obwohl sich in ihrer Handtasche die weitaus wertvolleren Schmuckstücke befanden, die sie im Laufe ihrer Anstellung bei Rudolph Poppinga erhalten hatte, waren die kein Vergleich zu Jaroslaws Geschenk. Denn den Bernsteinanhänger hatte sich Paula nicht verdienen müssen, er kam von Herzen.

Sie biss sich auf die Lippen. Wie blöd von ihr, einen so tollen Mann wie Jaroslaw alleine nach Rio reisen zu lassen und stattdessen dem Schmuck hinterherzujagen. Und das noch mit unklarem Ausgang! Leider hatte sie sich auf Gedeih und Verderb in diese Sache verbissen. Sie fühlte sich um den Schmuck betrogen, und der Betrüger musste zur Rechenschaft gezogen werden.

Wer konnte schon aus seiner Haut?

*

»Ich bin froh, dass wir die Sache geklärt haben«, sagte Winfried. Er streichelte Silke leicht über die Wange. »Ich muss jetzt zum Flughafen. Aber ich melde mich bestimmt wieder bei dir.«

Sie umklammerte seine Hand.

»Mach die Schatulle auf.«

Er schaute sie verständnislos an.

»Na, die Schmuckschatulle in dem Koffer da.«

Er blickte auf sein Gepäckstück. »Woher weißt du etwas von der Schatulle?«

»Mach sie auf.« Silke nestelte am Verschluss ihrer Kette und ließ den zierlichen Schlüssel über die Kettenglieder gleiten. »Nimm.«

Er tat ihr den Gefallen.

»Was zum Teufel ist das!« Entsetzt starrte er auf die Zahnprothese im Kästchen. »Wo ist Mutters Schmuck geblieben, verdammt?«

»Das haben Paula und ich uns auch gefragt.« Silke schilderte Winfried, wie sie an Schatulle und Schlüssel gelangt waren.

»Das ist unglaublich.« Winfried schüttelte den Kopf. »Bei deiner Tante ist ja klar, dass sie Dein und Mein nicht unterscheiden kann. Aber bei dir hätte ich solche kriminelle Energie niemals vermutet.«

»Schließlich sind auch wir gelinkt worden«, verteidigte sich Silke. »Wer könnte das Gebiss in die Schatulle geschmuggelt haben? War es dein Vater selbst?«

»Keine Ahnung.« Winfried fuhr sich müde mit der Hand durch die graumelierten Locken. »Jetzt bringt mir der Flug nach London auch nichts mehr. Mit leeren Händen stehe ich da.«

»Du musst herausfinden, wer den Schmuck hat!«

»Paula vermutlich«, schlug er vor.

»Nein, definitiv nicht.«

Er klappte die Schatulle zu. »Bist du ganz sicher, die Abgründe deiner Tante zu kennen?«

»Sie war doch genauso überrascht wie ich. Die herbe Enttäuschung stand ihr ins Gesicht geschrieben.«

Die Tür wurde aufgestoßen. Silke verstummte. Winfried ließ das Schmuckkästchen zurück in seine Tasche gleiten.

Eine etwa dreißigjährige Frau mit aufgeworfenen Lippen, einem lila Haarreif im gebleichten schulterlangen Haar und einem rosafarbenen Bademantel über den Schultern betrat mit mürrischem Blick den Raum. Sie nickte Winfried kurz zu, rückte etwas in ihrer Bademanteltasche zurecht, streifte sich Puschen von den Füßen und ließ sich mit einem Ächzen aufs freie Bett sacken.

»Sag mal, kann ich mir mal dein' Besuch ausleih'n?«, wandte sie sich an Silke.

»Wie kann ich Ihnen behilflich sein?«, fragte Winfried, bevor Silke reagieren konnte.

»Kannste mal die olle Klamotte unter mir wegziehen? Liegt sich echt beschissen da drauf.«

»Ich kann doch eine Schwester rufen«, bot Silke an, doch Winfred hielt sie davon ab.

»Ist doch kein Problem«, sagte er jovial und siedelte zum Bett der Platinblonden über. Etwas hilflos betrachtete er den Gipsverband, der die rechte Schulter und einen Teil des Brustkorbs der Frau verdeckte.

»Na. Pack zu!«, forderte sie ihn mit einem koketten Augenaufschlag auf.

Silke war sprachlos. Als sie mittags das Zimmer bezogen hatte, war ihr – vertieft in die eigenen pessimistischen Gedanken – die Frau im Nebenbett gar nicht so richtig aufgefallen. Jetzt beobachtete sie mit Argusaugen, was sich zwischen Winfried und dieser auffälligen Person abspielte.

Geschickt schob er die rechte Hand unter die schmale Taille der Patientin und hob sie an, während er mit der linken Hand den Bademantel wegzog.

»Uahh! Dein Typ weiß 'ne Frau richtig anzupacken, was«, sagte die Frau anzüglich.

Silkes Blutdruck kochte hoch. Was für eine ordinäre Person!

Dann wurde sie abgelenkt. Es klopfte, die Tür schwang auf und Paula Adam betrat das Zimmer. Sie begrüßte Silke liebevoll und reichte Winfried verhalten die Hand.

»Leute, wir müssen den Doktor auf den Pott setzen«, sagte Paula.

»Welcher Arzt hat denn bei euch rumgepfuscht?«, mischte sich die Bettnachbarin ins Gespräch.

Winfried warf Paula einen warnenden Blick zu.

»Es geht um einen Doktor der Erziehungswissenschaften«, sagte er schnell.

»Ach, du meine Fresse. Solche Klugscheißer, die dir erzählen, wie du deine Kinder erzieh'n sollst. Kenn ich. Sollen mir vom Leib bleiben.« Die junge Frau schob sich achselzuckend Kopfhörer auf die Ohren und drehte an ihrem iPod herum.

Nach einer Weile hatte Paula das Gefühl, ungestört reden zu können. Flüsternd überzeugte sie ihre Nichte und Winfried davon, dass Dr. Kolbe ein falsches Spiel trieb.

»Der raffgierige Kerl will sich nicht nur das Haus, sondern auch noch den Familienschmuck unter den Nagel reißen«, raunte sie.

Langsam reifte der Plan, wie Doktor Kolbe dazu bewegt werden sollte, Emilies Schmuck herauszurücken.

10.

Dr. Kolbe rauchte eine Feierabendpfeife.

Draußen, auf der Terrasse.

Sein Blick ruhte auf den nahezu kahlen Ästen des Kirschbaums in seinem Garten. Nur ein paar Blätter hatten den Herbstwinden getrotzt. Sie sahen aus, als wären sie von jemandem dort angeklebt worden. Kolbe erinnerte sich an die Bilder, die seine Söhne früher in der Schule gefertigt und dann stolz vorgezeigt hatten. Tiere und Bäume aus gepresstem Herbstlaub. Weil die Jungen immer viel zu wenig Klebstoff verwendet hatten, lösten sich die meisten Blätter schnell wieder vom DIN-A3-Papier. Vorbei ... Auf der Grasfläche des Reihenhausgärtchens tobte schon lange niemand mehr herum. Der Rasen war vom Laub befreit, und die Blätter waren auf dem Komposthaufen hinter der Forsythie am Ende des Grundstücks säuberlich geschichtet worden.

Marieluises Werk.

Dr. Kolbe hörte, wie das Fenster schräg über ihm geöffnet wurde. Im oberen Stockwerk des Nachbarreihenhauses lüftete Nelly Guttendörfer ihr Schlafzimmer. Er wusste, dass sie ihn, hinter der Gardine versteckt, beim Rauchen beobachtete. Nelly war mit Marieluise Kolbe eng befreundet. Vermutlich gehörte es zum Freundschaftspakt der Frauen, die Ehemänner gegenseitig im Auge zu behalten. Er drehte sich um und winkte nach oben.

Natürlich passierte nichts. Die Spionin gab sich nicht zu erkennen.

Hanspeter Kolbe verzog seinen Mund zu einem spöttischen Lächeln. Nelly Guttendörfer konnte ihn mal kreuzweise. Momentan beschäftigten ihn wichtigere Dinge.

Die Obduktion!

Dumme Sache das. War sein Vorhaben in Gefahr geraten?

Nein, dachte er.

Zwar würden die Rechtsmediziner bei der Autopsie sofort herausfinden, dass Poppinga bis oben hin mit Kreislaufmitteln vollgepumpt worden war. Doch zum Glück hatte er eine eklatant wichtige Vorsichtsmaßnahme in seinen Plan eingebaut: Paula Adam! Dr. Kolbe kicherte lautlos vor sich hin. Ohne es zu ahnen, hatte Paula – eine zweifelsohne besonders zuverlässige Person – dem Alten den Rest gegeben.

Dr. Kolbe pfiff vor sich hin.

Eine seltene Euphorie erfüllte ihn, für die er sich schämte, deren Existenz er aber vor sich selbst nicht leugnen konnte. Sein ausgeklügelter Plan funktionierte! Er, der als Arzt eigentlich dazu ausgebildet worden war, Leben zu erhalten, hatte einen Menschen auf dem Gewissen. Nicht, weil er sich in einer medizinischen Frage geirrt hatte, wie es immer seine größte Sorge war, sondern weil er es darauf angelegt hatte. Er, der so oft unterschätzte Hanspeter Kolbe, war tatsächlich in der Lage dazu, den perfekten Mord zu begehen.

Es war so einfach gewesen!

Er hatte Rudolph Poppinga eine Injektion verabreicht, die bereits am Limit des Erträglichen war. Dann hatte er Paula eingeschärft, dem Alten weitere Medikamente zu geben. Eine tödliche Dosis, wenn man sie zu dem bereits Injizierten hinzurechnete. Herzstillstand als Todesursache war immer eine gute Wahl, dieser Ansicht war Hanspeter Kolbe seit dreißig Jahren treu geblieben.

Rudolph Poppinga gehörte zu den wenigen Menschen, die ihm die Jahre versauert hatten – er kam in dieser Hinsicht gleich nach Kolbes Frau. Drei Monate Dauer räumte er seiner Ehe noch ein, dann konnte er diese lange

Lebensphase endlich ad acta legen. Es war an der Zeit, Marieluise ins Jenseits zu befördern. Ein Herzinfarkt ließ sich auf mannigfaltige Weise hervorrufen. Zumal, wenn man – wie er – schon seit einiger Zeit seiner Frau ein Mittel in den geliebten abendlichen Schlummertrunk mischte, das wenig gesundheitsförderlich war und die Immunabwehr langsam aber sicher schwächte.

Das Problem bestand für ihn eher in moralisch-ethischer Sicht. Marieluise und er waren einen langen Weg miteinander gegangen – präziser ausgedrückt, nebeneinander her. Denn die Gemeinsamkeiten beschränkten sich im Wesentlichen auf die Produktion der Kinder (deren Erziehung er fast vollständig Marieluise überlassen hatte) und den Besitz finanzieller Werte wie dem Reihenhaus.

Während er selbst ein Mensch war, der mit sich selbst in Einklang lebte, war Marieluise Kolbe von wankelmütigem Wesen: wenig belastbar und in Stresssituationen ein Nervenbündel. Bereits in jungen Jahren hatte Hanspeter Kolbe erkannt: Es war am besten für seine Kinder und für ihn, Marieluise einfach machen zu lassen.

Es war typisch für seine Frau, wie sie sich von den Moden der Zeit beeinflussen ließ. In den späten 1970ern war Marieluise von der fleißigen, mit der Kinderaufzucht beschäftigten Hausfrau zur frauenbewegten Latzhosenträgerin mutiert. Sie war auf der grünen Welle geschwommen und hatte dabei die Familie mit Körnerfutter traktiert. Als sie daran das Interesse verlor, hatte sie sich mit ähnlichem Fanatismus in Rückenwülste betonende Aerobic-Anzüge gezwängt und war dem Fitnesswahn verfallen. Doch erst als Marieluise sich mit Esoterik und Mystik, Runen und Chakren, Hexenkräutern und Bachblüten befasste und ihren Mann zum Naturheiler bekehren wollte, war seine Geduld eindeutig überstrapaziert worden. Zum Glück war auch dieses Hobby nicht von Dauer gewesen. In den neunziger

Jahren hatte Marieluise wie nahezu jedermann den boomenden Aktienmarkt für sich entdeckt, Wirtschaftsmagazine abonniert und in Telekom-Aktien investiert. Eine Verbesserung der finanziellen Situation der Kolbes war dadurch nicht eingetreten.

Trotzdem hätte er die Kaprizen seiner Frau als gar nicht so schlimm empfunden, wenn nicht diese ständige Unzufriedenheit an Marieluise genagt hätte. Die hatte ihr einstmals hübsches Gesicht mit den Jahren in eine ausgedörrte, trostlose Landschaft verwandelt. Das Einzige, was zuverlässig ihre Laune hob, war der Klatsch, den sie mit ihren gleichgesinnten Freundinnen austauschen konnte.

Nichtsdestotrotz verstand er, dass seine Frau es ebenso gerne wie er selbst erleben wollte, Enkel zu bekommen. Sollte er ihr die Chance darauf tatsächlich nehmen?

1.

Als Paula am nächsten Morgen an der Haustür der Poppinga-Villa klingelte, öffnete zu ihrer Überraschung Valentina die Haustür. Die junge Russlanddeutsche hielt einen Feudel in der Hand. Sie bat Paula in die Diele.

»Doktor Kolbe hat mich gebeten, das Haus sauber zu halten«, erklärte sie fröhlich.

»Wer hat dich denn hineingelassen?«, fragte Paula.

»Na, der junge Herr Poppinga.« Sie lächelte. »Der kommt gleich.«

»Du siehst so freudestrahlend aus, Valentina. Was ist los?«

»Rate!«

»Eine Erbschaft vielleicht?«, fragte Paula misstrauisch.

»Ach was, ich habe nur arme Verwandte. Nein, besser!« Valentina platzte fast vor Stolz. »Ich heirate! In vier Wochen ist die standesamtliche Trauung. Alexander hat mich endlich gefragt, ob ich seine Frau werden will. Du kommst doch auch? Es gibt danach Krim-Sekt, Blinis mit Kaviar und andere russische Leckereien!«

»Und Wodka?«

»Natürlich! Ich bin so glücklich. Du kannst einen Begleiter mitbringen.«

Paula dachte an Jaroslaw. Wenn zwei Menschen den Schritt in die Ehe wagten, hatte das so etwas erfrischend Hoffnungsvolles.

»Ich freue mich sehr für dich, Valentina«, sagte Paula.

Sie nickte Winfried grüßend zu, der aus dem Wohnzimmer in die Diele trat. An der Garderobe schnappte er sich seinen Mantel.

»Es kann losgehen, Paula.«

2.

Carola Karberg wachte durstig auf. Zu den Vorteilen des Alleinlebens gehörte es, dass sich niemand an einem schlechten Atem und an einem knoblauchverseuchten Schlafzimmer störte, dachte sie. Die Kommissarin schlüpfte aus ihrem Bett. Im Badezimmer ließ sie das Wasser aus dem Hahn direkt in ihren Mund laufen. Sie trank, bis ihr Durst gelöscht war.

Das Tsatsiki hatte es wirklich in sich gehabt, und die Grillplatte war köstlich gewesen. Einer plötzlichen Eingebung folgend hatte die Hauptkommissarin gestern nach dem Krankenhausbesuch bei Silke Drösel noch in einem der von Hansen genannten Restaurants, einem griechischen Gasthaus, zu Abend gegessen. Nebenbei hatte sie das Personal befragt und erfahren, dass Silke Drösel zwar gerne dort speiste, am Montagabend jedoch nicht aufgetaucht war. Den »Inder« konnte Carola Karberg nach einem Blick ins Telefonbuch von der Liste streichen, weil das Restaurant montags seinen Ruhetag hatte. Jetzt kamen nur noch ein Bistro namens *Nizza* mit Frühstücksangebot und eine Kneipe infrage, die erst um achtzehn Uhr öffnete.

Carola Karberg war guter Dinge. Sie hasste es, wenn das Wochenende termin- und ereignislos vor ihr lag, und die einzige absehbare Verpflichtung darin bestand, das sonntägliche Telefonat mit ihrer Mutter nicht zu vergessen. Heute aber würde sie eine Sonderschicht einlegen und die Fährte im Fall Goldbek so richtig aufnehmen. Lars Thede jedoch sollte das Wochenende in Ruhe mit seiner kleinen Familie verbringen. Es musste nicht unbedingt schon wieder die junge Ehe eines Kripobeamten wegen mangelnder Zeit für den Partner zerbrechen, dachte Carola Karberg.

Sie duschte heiß und kalt, zog sich eine frische, weiße

Hemdbluse und saubere Jeans an und beschloss, ihr Frühstück im *Nizza* einzunehmen.

*

Als sich Luc Antoine, der Wirt, zu ihr an den kleinen runden Bistrotisch setzte, biss Carola Karberg gerade genussvoll in ein knuspriges Croissant.

»Sie sind von der Kripo, meint Mia«, sagte der Mann mit dem gepflegten blonden Spitzbärtchen.

»Ich ermittle im Mordfall Arne Goldbek. Sie haben davon gehört?« Carola fuhr sich in der Annahme, Croissantkrümel hafteten an ihrem Lippenstift, mit der Serviette über den Mund.

»Stand dscha inner Zeitung, ne.«

An dem Mann war scheinbar nur der Name französisch, sein Deutsch ließ jedenfalls auf eine lupenreine Hamburger Herkunft schließen.

»Soviel wir wissen, war der Tote in Ihrem Bistro gerne zu Gast. Erinnern Sie sich an ihn?« Die Kommissarin zog ein Foto von Goldbek hervor.

Luc wiegte den Kopf hin und her. »Weiß nicht. Was sagt Mia? Mir persönlich fallen eher seute Deerns auf, ne.«

Carola Karberg zeigte ihm eine Aufnahme von Silke Drösel.

Die Miene von Luc Antoine erhellte sich augenblicklich. »Na klar. Die kenn' ich. Eine stattliche Erscheinung.«

»Versuchen Sie sich zu erinnern, Herr Antoine. War diese Frau am Montagabend irgendwann zwischen zwanzig Uhr und dreiundzwanzig Uhr hier im Bistro?«

Luc drehte sich um und rief nach der Bedienung, die gerade am Nebentisch das Geschirr abräumte. »Mia, komm doch mal her.«

Mia, eine Studentin, die sich ihre Ausbildung mit der Kellnerei finanzierte, wie sie sogleich erzählte, schaute sich die Fotos an und versank gemeinsam mit Luc in tiefes

Nachdenken. Carola Karberg sah ihre Anstrengung mit Wohlwollen. Es war nicht immer so, dass sich potentielle Zeugen ernsthaft bemühten, der Polizei zu helfen.

»Den Mann kenne ich, aber er war schon länger nicht hier. Er ist so ein Typ, der sich selber unheimlich cool findet.« Mia verdrehte die Augen. »Die Frau habe ich irgendwann in den letzten Tagen gesehen.«

»Kann es Montagabend gewesen sein?«

»Welches Menü gab es am Montag?«, fragte Mia ihren Chef und erklärte der Kommissarin dann: »Wenn ich weiß, was es gab, fallen mir die Leute dazu ein, die es gegessen haben.«

»Nizza-Salat, Karnickelfleisch und Mus o Citrong«, erinnerte sich Luc.

Mia wurde lebhaft: »Ja! Ich habe mit der Frau über das Montagsmenü gesprochen. Sie wollte mit dem Essen noch warten, bis ihr Begleiter kam, und hat erst mal eine Flasche Bordeaux bestellt.«

»Tauchte der Begleiter auf?«

»Nein. Plötzlich war die Frau weg. Das Geld für den Wein lag auf dem Tisch.«

»Wann ist sie gegangen?«

Mia zuckte mit den Schultern. »Ich nehme an, ich habe ihr den Wein so gegen acht, halb neun gebracht. Um die Zeit laufe ich mir die Hacken ab. Er spart ja am Personal.« Sie deutete auf ihren Chef, der ihr dafür scherzhaft mit dem Finger drohte. »Das Geld habe ich so nebenbei vom Tisch eingesammelt. Kein Ahnung, wann das war.«

»Also, die Frau ging, als der Laden brummte, so bis zehn Uhr, denn sonst wäre mir ihr Abgang bestimmt aufgefallen«, sagte Luc.

Carola Karberg bedankte sich bei den beiden und verzehrte ihr Frühstück mit gutem Appetit.

*

Eine halbe Stunde später verhörte sie die Tatverdächtige im Krankenhaus.

»Frau Drösel, ich werde einen Durchsuchungsbeschluss für Ihre Wohnung beantragen. Sie versuchen etwas zu vertuschen. Behaupten, Sie hätten am Montagabend Klassenarbeiten zu Hause korrigiert, dabei hat man Sie im Bistro *Nizza* gesehen. Außerdem hat Arne Goldbeks Kollege Hansen ausgesagt, Sie seien mit Goldbek an diesem Abend in einem Restaurant verabredet gewesen.«

»So! Frau Karberg, und es kommt Ihnen gar nicht komisch vor, dass der Hansen auch immer nur sporadisch etwas verlauten lässt?«, fauchte Silke Drösel.

»Wir sind mit Hansens Aussagen sehr vorsichtig umgegangen, weil er uns einmal belogen hat. Aber dieses Mal habe ich die Bestätigung einer Bedienung erhalten, dass Sie am Montagabend im Bistro waren und ohne zu essen gegangen sind.« Sie konzentrierte sich auf Silke Drösels Mienenspiel. Manchmal verriet ein Gesichtsausdruck mehr als tausend Worte.

»Und dann passt es doch«, fuhr sie fort. »Sie haben auf Goldbek gewartet. Er kam nicht, dafür schickte er Ihnen eine SMS, in der er Schluss mit Ihnen machte. Da sind Sie wütend aus dem Bistro abgehauen und sind zur Versicherung, in der Hoffnung, Ihren Liebhaber dort noch anzutreffen.«

»Sie fantasieren sich da etwas zusammen, Frau Karberg.« Silke fasste sich an den Kopf. »Mehr sage ich nicht. Sie nutzen meine Schwäche aus, und das ist nicht in Ordnung. Überhaupt: Erstens geht es mir schlecht, und zweitens nehme ich mir einen Anwalt. Das hätte ich schon längst tun sollen.«

»Nun, dazu wollte ich Ihnen auch gerade dringend raten, Frau Drösel.« Carola Karberg verließ das Krankenzimmer mit dem Gefühl, im Mordfall Arne Goldbek einen Schritt weitergekommen zu sein. Sie dachte an den nächsten Punkt ihrer Tagesordnung: Nach Thedes Berichten über den Versicherungskauz wollte sie sich endlich ein persönliches Bild von Stig-Sebastian Hansen machen.

*

Silke Drösel fühlte Panik aufsteigen. Ihren Vorsätzen zum Trotz gönnte sie sich nun doch eine Schmerztablette. Was sollte sie jetzt machen? Als sie sah, wie sich ihre Zimmergenossin den rosafarbenen Frotteebademantel überwarf und ein frisches Päckchen Zigaretten in der Manteltasche verstaute, fasste Silke Drösel einen Entschluss.

»Warte. Wo ist eigentlich der verdammte Raucherbereich?«

»Na, draußen, vor der Tür. Drinnen darf ja keiner mehr.«

»Ich komme mit. Moment.« Silke Drösel schlüpfte in eine Jogginghose, zog sich Sportschuhe an, griff sich ihre Handtasche und legte den wärmenden Dufflecoat über den Arm.

Gemeinsam mit der rosaroten Blondine verließ sie das Gebäude. Als beide die Raucherecke erreichten, verabschiedete sich Silke von ihrer Zimmergenossin.

»Wie jetzt? Machst du die Fliege oder was?«

»Ja. Ich mag nicht mehr.«

»Klaro. Mir geht's auch auf den Geist. Aber zu Hause zappeln die Kinder um mich rum, da hab ich auch kein' Bock drauf.«

Silke nahm eines der Taxis, die vor dem Krankenhaus auf Fahrgäste warteten, und ließ sich in die Nähe ihrer Wohnstraße fahren. Sie setzte sich in ihr dort parkendes Auto und warf den Motor an.

3.

Es klingelte.

Hanspeter Kolbe, der in der Küche die Tageszeitung las und seine morgendliche Ration von drei Tassen Darjeeling-Tee zu sich nahm, hörte, wie seine Frau die Haustür öffnete. Leises Gemurmel. Kurz darauf kam Marieluise mit einem braunen Päckchen in die Küche.

»Puh, ist das schwer.« Sie stellte den kleinen Karton auf den Tisch. Dann griff sie in die Tasche ihrer Cordhose, zog ein Stofftaschentuch hervor und schnäuzte sich kräftig die Nase.

Das waren die Nachwirkungen des gerade überstandenen fieberhaften Infekts, Mittelohrentzündung inklusive, dachte Doktor Kolbe.

Während seine Frau ein Obstmesser aus der Besteckschublade holte und damit begann, das Päckchen aufzuschlitzen, fummelte er einen Brief aus dem am Karton angebrachten Plastikcouvert. Stumm entfaltete er den Lieferschein, der gleichzeitig die Rechnung war. Er las:

»1 Riesen Mörser aus Granit 6,5 Kg. Das hohe Gewicht verleiht dem Mörser seine Standfestigkeit. Das Fassungsvermögen von 700 ml ermöglicht die Verarbeitung größerer Mengen von Lebensmitteln. Lieferung mit Granitstößel. Preis 39,90 Euro, zahlbar innerhalb von 7 Tagen nach Lieferung.«

»Habe ich im Internet bestellt«, sagte Marieluise stolz.

Im Gegensatz zu ihrem Mann, der seine persönlichen Daten niemals freiwillig den – wer weiß wohin führenden – Windungen der Datenautobahnen anvertraut hätte, war Marieluise seit geraumer Zeit eine glühende Anhängerin des Personal Computers und seiner Möglichkeiten. Auch auf anderen Feldern des modernen Lebens lag die Sechzigjährige wie eh und je voll im Trend. Beflügelt von den Kochshows im Fernsehen, fühlte sie sich bemüßigt, ihre durchschnittlichen Hausfrauenkochkünste aufzupeppen und nebenbei das Küchenambiente mit, wie sie es nannte, »nützlichen Gerätschaften« aufzuwerten. So waren die Espressomaschine und ein Wok angeschafft worden sowie komische Körbchen, in denen Marieluise nur ein einziges Mal kleine chinesische Teigtaschen mit dem schönen Namen Dim Sum gedünstet hatte.

Im vergangenen Sommer hatte die neue Eismaschine den Brotbackautomaten auf der Küchenzeile verdrängt, der nun ein nutzloses Dasein im Vorratskeller fristete. Der Brotbackautomat schien ebenso aus der Mode gekommen zu sein wie der Sprudelwasserbereiter. Ausrangiert wie ein in die Frührente geschickter Mensch, dessen Arbeitskraft noch gar nicht verbraucht war, philosophierte Dr. Kolbe still vor sich hin. Er warf einen kritischen Blick auf die sechsundfünfzig Zentimeter hohe Pfeffermühle aus glänzend lackierter Buche. Wie lange wohl würde die ihre Stellung in der Küche behaupten?

Das Telefon im Flur klingelte und riss den Arzt aus seinen Gedanken.

»Marieluise!«, rief er einige Sekunden später in die Küche.

»Was ist?«

Sie hatte den Mörser aus der Plastikfolie mit den Noppen geschält und betrachtete das Prachtexemplar mit Wohlgefallen. Mit den Fingern fuhr sie über die raue Granitoberfläche, auf der Gewürze, Kräuter und Kerne wirkungsvoll zerrieben werden konnten, so dass sich ihr volles Aroma entfalten würde.

»Nelly sagt, sie braucht augenblicklich deine Hilfe.« Dr. Kolbe trat neben seine Frau, deren Hörvermögen durch die Mittelohrentzündung noch etwas beeinträchtigt war. »Ob du mal eben vorbeikommen kannst ...«

Marieluise machte sich auf den Weg zu ihrer Busenfreundin nach nebenan.

Dr. Kolbe betrachtete den Mörser. Ein Mordsding.
Es klingelte schon wieder.

*

»Wir müssen dringend mit Ihnen reden, Doktor Kolbe«, sagte Winfried.

Der Doktor, etwas überrumpelt, ließ den Besuch eintreten. Paula und Winfried folgten ihm ins Wohnzimmer, einem mit Bücherregalen und Nippes vollgestellten Raum.

»Wir wissen, dass Sie den Schmuck aus der Schatulle gestohlen haben, Dr. Kolbe«, sagte Winfried.

»Das ist ungeheuerlich!«, entrüstete sich der Arzt.

»Finden wir allerdings auch«, mischte sich Paula ein.

»Wir verlangen, dass Sie den Schmuck herausrücken«, forderte Winfried.

»Was hat Paula damit zu schaffen?«, fragte der Arzt irritiert.

»Mein Vater hat ihr kurz vor seinem Tod ein Schmuckstück ...«

»Die Löwenbrosche!«, warf Paula ein.

»... versprochen. Ansonsten stand es doch ganz klar im Vermächtnis: Der Schmuck meiner Mutter soll an mich gehen.«

»Nein, Augenblick!« Dr. Kolbe hob den rechten Zeigefinger. »Wenn ich mich nicht irre, steht geschrieben: Die Schmuckschatulle geht an Sie. Vom Inhalt ist da überhaupt keine Rede. Den hätte ihr Vater nämlich ausdrücklich auflisten müssen! Schmuckstück für Schmuckstück.«

Winfried wurde eisig. »Ich habe Sie immer für einen integren Mann gehalten, Doktor.«

»Das können Sie auch weiter so halten. Ich habe den Schmuck nicht. Das schwöre ich ...«, einen Lidschlag lang zögerte er, pathetisch zu werden, »... beim Leben meiner Frau.«

»So, und wer soll die Klunker wohl sonst haben?«, fragte Paula.

»Keine Ahnung, wie ich beweisen soll, dass ich etwas nicht besitze. Sie können sich meinetwegen im Haus umsehen. Sie werden alles Mögliche finden«, sagte Dr. Kolbe.

»Nein, danke. Sie werden sich wohl ein Schließfach besorgt haben«, sagte Winfried.

»Also, ich nehme das Angebot an«, sagte Paula.

Die Gelegenheit, das vollgestopfte Haus zu erkunden, mochte sie sich keinesfalls entgehen lassen. Auf diese Weise war dieser seltsame Besuch doch zu etwas gut.

Die Männer schwiegen sich an, während Paula die Schubladen des Wohnzimmerschranks aufriss.

Die Melodie von *Pomp und Circumstances* erklang. Winfried griff in die Brusttasche seiner Lederjacke.

Dr. Kolbe kannte das Stück aus den herzerfrischend unprätentiösen *Last Night of the Proms*-Aufführungen, die der NDR alljährlich live aus London übertrug. Der Hörgenuss wurde ihm stets dadurch verleidet, dass Marieluise, die der Veranstaltung auf ihre Weise etwas abgewann, über die Kleidung der Musikerinnen und das Aussehen des Dirigenten zu lästern pflegte.

Winfried nahm den Anruf entgegen. Innerhalb von Sekunden veränderte sich sein angespannter Gesichtsausdruck. Er wirkte panisch.

»Was ist mit den Jungs?«, keuchte er in den Hörer. »Sind sie verletzt, oder was? Edwina muss doch irgendetwas angedeutet haben ... Ist gut, ich rufe sie sofort an.«

Er verschwand in den Flur, wo er aufgeregt Englisch zu reden begann.

Paula schaute irritiert zu Dr. Kolbe.

Der Arzt blickte durch sie hindurch.

Dann schellte es erneut an der Haustür.

»Heute geht es hier zu wie im Taubenschlag«, brummelte der Doktor. Im Flur eilte er an Winfried vorbei zur Haustür.

Einen Moment zögerte der Arzt, die neue Besucherin ins Haus zu lassen, doch Silke Drösel machte einen zu lädierten Eindruck, um sie abzuweisen. Sein Pflichtgefühl als Mediziner zwang ihn dazu, der leichenblassen Frau baldmöglichst Flüssigkeit einzuflößen. »Wieso sind Sie nicht mehr im Krankenhaus? Die haben Sie doch nicht etwa schon entlassen?«

»Doch«, behauptete Silke Drösel und stützte sich auf Dr. Kolbe. Winfried, der weiter telefonierte, warf ihr einen verwunderten Blick zu.

»Wie unverantwortlich! Die Krankenhäuser übertreiben es jetzt wirklich mit ihrer Sparerei.« Paula war entrüstet.

»Es geht mir gut.« Silke befreite sich aus Paulas Umarmung und ließ sich aufs Sofa sinken. »Ich hab's nicht mehr ausgehalten im Krankenhaus.«

Während Dr. Kolbe Getränke holte, setzte Paula die Nichte über den Stand der Dinge in Kenntnis.

»Wir beißen bei Kolbe auf Granit«, schloss sie ihren Bericht.

»Nun. Dann geht es jetzt nach meiner Methode weiter«, sagte Silke bestimmt. »Paula, du schaust dich im Haus nach dem Schmuck um. Guck doch mal im Schlafzimmer nach. Da heben viele Leute ihre Kostbarkeiten auf.«

Winfried kehrte ins Wohnzimmer zurück. Jetzt wirkte er wieder gefasst.

»Ist etwas mit Ihren Kindern passiert?«, fragte Paula.

»Nein, es ist alles gut. Ich erkläre es euch später«, sagte er.

In diesem Moment trat Dr. Kolbe mit einem Tablett mit Wasser, Cola, Apfelsaft und Gläsern ins Zimmer.

»Doktor, welche Räume befinden sich im oberen Stockwerk?«, fragte Paula.

»Die Kinderzimmer und unser Schlafzimmer. Schnüffeln Sie nur ohne Scheu dort herum, Paula«, sagte der Doktor sarkastisch. »So aufregend ist das alles ja nicht mehr in unserem Alter.«

*

Silke setzte Doktor Kolbe massiv unter Druck. Wenn er nicht augenblicklich den Schmuck herausrückte, der Winfried Poppinga zustand, würde sie dafür sorgen, dass Kolbes Ruf innerhalb weniger Tage völlig ruiniert wäre, drohte sie ihm.

»Winfried wird Gerüchte über eine Fehlbehandlung von Rudolph Poppinga in Umlauf bringen. Meine Tante wird überall andeuten, dass sie von Ihnen sexuell belästigt wurde. Ich selbst habe keinerlei Hemmungen, Ihrer Frau zu gestehen, dass Sie und ich zusammen ins Bett hüpfen.«

»Das würde Marieluise Ihnen niemals abnehmen«, sagte Doktor Kolbe zuversichtlich, »sie hält mich für impotent.«

»Bei einem Prachtweib wie Silke würde sich Ihr kleines Männlein schon wieder regen«, sagte Winfried.

»Meine Tante hat mir erzählt, dass Sie mit einer besonders eifersüchtigen Frau verheiratet sind. Da fällt es ganz besonders leicht, Zweifel zu säen, nicht wahr?«, sagte Silke.

»Ist das Misstrauen erst einmal da, wird jede Ehe zur Hölle. Ich spreche aus Erfahrung«, sagte Winfried.

Sekundenlang musterte Hanspeter Kolbe seine beiden Erpresser düster, dann lenkte er ein.

»Nun gut«, seufzte er. »Ich sehe, ich habe verloren. Dann folgen Sie mir mal in den Keller.«

*

Nelly Guttendörfer konnte einen zur Weißglut treiben, mit ihrem Ich-habe-nichts-zum-Anziehen-Gejammer, dachte Marieluise Kolbe, als sie die Haustür aufschloss.

Zu guter Letzt hatte sich Nelly für das Kostüm entschieden, das sie immer wählte. Typisch!

Marieluise Kolbe freute sich darauf, ihr eigenes Pesto Genovese herzustellen. Die kontemplative, sinnliche Beschäftigung würde ihre gereizten Nerven beruhigen: Basilikum waschen, die Blätter abzupfen und trocken tupfen, eine Knoblauchzehe schälen und klein hacken, Käse reiben, Pinienkerne, Knoblauch, Basilikum und grobes Salz in den Mörser geben …

Sie wollte gerade die Küche betreten, als sie die kompakt gebaute Frau bemerkte, die sich über den Küchentisch beugte und den schweren Mörser in ihrer Hand wog.

Eine Einbrecherin!, durchfuhr es Marieluise.

Wo war Hanspeter? Wenn man ihn brauchte, war er nie zur Stelle.

Was sollte sie jetzt tun?

Die fremde Person stellte den Mörser auf den Tisch zurück. Sie blickte sich um. Ohne lange nachzudenken, versteckte sich Marieluise hinter der Garderobe. Die Frau durchquerte den Flur und stieg die mit unempfindlicher graubrauner Auslegeware bespannte Holztreppe hinauf ins Obergeschoss.

Marieluise linste die Treppe hinauf. Die Einbrecherin war aus ihrem Sichtfeld verschwunden. Sollte sie die Polizei rufen? Vielleicht war es besser, erst einmal herauszufinden, was die Frau hier eigentlich suchte – Hanspeter oder Geld?

Eine Waffe in der Hand zu haben, wäre in jedem Fall sinnvoll, überlegte Marieluise. Sie ging in die Küche. Ihr Blick wanderte zwischen der Pfeffermühle und dem Mörser hin und her. Sie entschied sich für die Mühle, die besser in der Hand lag. Dann schlich sie der Fremden hinterher.

Die Tür zum Schlafzimmer stand halb offen. Marieluise schaute in den Raum und sah, wie die Frau die Kommodenschublade öffnete und das Perlencollier aus einer Schmuckschachtel zog. Marieluises Atem stockte, als sich die Fremde anschickte, die Perlen um den Hals zu legen.

Ihre Nerven begannen zu flattern, aber gleichzeitig spürte sie ein wohliges Kribbeln im Bauch, und das Buchenholz lag angenehm glatt in ihrer Hand.

Na warte, dich hab ich gleich, dachte sie und schlich sich von hinten an die Frau heran. Ihr Herz klopfte wild. Dann schlug sie dem Weib die Pfeffermühle auf den Hinterkopf.

Sie hatte die Einbrecherin erlegt.

*

Im Kellergeschoss machte Hanspeter Kolbe kurzen Prozess mit den unverschämten Eindringlingen. Er ließ Silke und Winfried den Vortritt und lockte sie in den Heizungskeller, knallte die Stahltür hinter ihnen zu und schloss ab. In dem Raum existierte lediglich ein kleines Außenfenster, durch das höchstens ein Dreijähriger passte.

Dr. Kolbe hatte die Nase voll. Er würde sich nicht erpressen lassen. Er wollte die tüchtige Kommissarin aus Hamburg anrufen, die im Mordfall Arne Goldbek ermittelte. Sicherlich interessierte es sie, was die Tatverdächtige, Silke Drösel, für ein mieser Charakter war. Und Winfried Poppinga – ein viel zu weicher Junge war er schon immer gewesen – stand eindeutig unter dem Pantoffel dieser Hexe. Hanspeter Kolbe eilte die Kellertreppe hinauf. Im Flur stieß er auf seine schwer atmende Frau. Sie hielt die große Pfeffermühle in der Hand. An der Mühle klebte frisches Blut.

»Ich glaube, ich habe jemanden getötet«, sagte Marieluise leise.

Dr. Kolbe sah seine Frau verständnislos an.

»Im Schlafzimmer«, sagte Marieluise.

Dr. Kolbe hetzte in den oberen Stock.

Marieluise fasste sich an ihr Herz und begann zu hyperventilieren.

Dr. Kolbe kümmerte sich im Schlafzimmer um Paula, die mit dem Gesicht auf die Kommode geschlagen war. Sie stöhnte schwach. Aus der Tasche der Lederjoppe, die im Kleiderschrank hing, fummelte der Doktor sein Handy. Er benachrichtigte den Notruf. Dann lief er nach nebenan in eines der ehemaligen Kinderzimmer, das er als Arbeitszimmer nutzte. Er schnappte sich seine Doktortasche und machte sich an die Notversorgung von Paula.

*

»Verdammt«, fluchte Winfried, »wir haben uns in die Falle locken lassen.«

»Ich hätte Dr. Kolbe nie für so ausgekocht gehalten«, schimpfte Silke, die im Schneidersitz auf dem nackten Betonboden saß.

»Sexuelle Nötigung! Du hättest aber auch nicht so zu übertreiben brauchen!«

»Was wird er mit uns machen?«

»Keine Ahnung. Und wir wissen noch immer nicht, ob er den Schmuck nun hat oder nicht.«

»Ist doch sowieso alles egal.« Silke überlegte kurz. »Was wolltest du uns vorhin eigentlich erzählen, als Paula fragte, ob etwas mit deinen Kindern los ist?«

»Ach, eine verrückte Geschichte.« Winfried setzte sich auf einen der umherstehenden großen Farbeimer. »Edwina, meine Ex-Frau, versucht mich schon seit Tagen zu erreichen. Dieses Mal hat sie meiner Sekretärin erzählt, es wäre etwas Schlimmes mit den Kindern passiert. Du kannst dir meinen Schrecken vorstellen. Aber es war bloß eine Falle, damit ich sie endlich anrufe. Typisch Edwina, der Zweck heiligt bei ihr immer die Mittel.«

»Und was wollte sie nun so dringend von dir?«

»Sie will meine Firma kaufen. Das heißt, sie hat ihren

stinkreichen Verlobten dazu gebracht, es für sie und die Kinder zu tun. Edwina möchte den Jungs nicht zumuten, mit dem Makel zu leben, einen Pleitegeier zum Vater zu haben. Und ihr neuer Mann frisst ihr, wie es scheint, aus der Hand. Edwina hat da so ihre Methoden.«

»Und?«, fragte Silke, »machst du's?«

Winfried nickte. »Ich muss so schnell wie möglich nach London. Ich hoffe, der Doktor lässt uns hier gleich raus.«

Er stand auf und hämmerte gegen die Kellertür. »Shit!« Wie ein Kickboxer rammte er gegen den Stahl. Irgendwann gab er auf. Erschöpft lehnte er die Stirn gegen die kühle Tür.

»Magst du mich eigentlich, Winfried?«, fragte Silke zaghaft.

»Klar«, sagte Winfried zur Tür.

»Aber wir kennen uns noch nicht richtig, oder?«

Er drehte sich zu ihr um.

Veilchenblaue Augen.

»Nein. Wie auch.« Er klang erschöpft. »Ich habe in meinem ganzen Leben noch nicht so verrückte Tage erlebt. Ich komme überhaupt nicht dazu, meine Gedanken und Gefühle zu ordnen.«

Silke atmete tief durch. »Weißt du, ich habe das Bedürfnis, eine Beichte abzulegen. Hörst du mir zu?«

Einen Moment lang betrachtete Winfried das kleine Verlies, in dem sie eingesperrt worden waren. Ein Gaskessel, ein Bataillon ordentlich nebeneinander aufgereihter Gummistiefel in verschiedenen Größen und Farben, zwei gelbe Öljacken, eine Kiste mit Mineralwasserflaschen, mehrere Farbeimer, diverse Pinsel, Quaste und eine Kabelrolle. Seufzend ließ er sich neben Silke sinken.

»Wenn du reden willst, muss ich dir wohl zuhören. Ich kann ja nicht fliehen.«

Sie begann zu erzählen.

4.

Carola Karberg traf Stig-Sebastian Hansen nicht in seiner Wohnung an. Auf gut Glück fuhr sie zu den Goldbeks.

Es war ein sonniger und milder Herbsttag. Der Gedanke an den nahenden Winter lag noch fern. Die Sonne strahlte jetzt um die Mittagszeit herum mit beinahe sommerlicher Kraft. Im Vorgarten baute Stig-Sebastian Hansen mit dem Sohn der Goldbeks ein Tipizelt auf. Melanie Goldbek saß auf einer meerblauen Friesenbank neben dem Hauseingang und schaute lächelnd zu. Als sich die Blicke der beiden Frauen trafen, veränderte sich Melanies Gesichtsausdruck. Ein strenger Zug beherrschte auf einmal ihre Mundpartie.

»Guten Morgen, Frau Karberg. Haben Sie nicht mal am Wochenende frei?«

»Eigentlich habe ich nur ein paar Fragen an Herrn Hansen«, sagte Carola Karberg und zeigte zum Indianerzelt. »Der kümmert sich aber toll um Ihren Sohn.«

»Arne hatte nie so viel Geduld mit Tristan.« Melanie sah Carola Karberg bittend an. »Lassen Sie die beiden noch einen Moment spielen. Es tut Tristan so gut. Ich mache uns einen Kaffee, ja?«

Die Hauptkommissarin nickte.

Von der dunkelroten Lackküche aus beobachteten die Frauen das Geschehen im Vorgarten durchs Küchenfenster. Stig-Sebastian Hansen hatte sich jetzt in ein wieherndes Pferd verwandelt, das den kleinen, mit Federn geschmückten Häuptling trug.

Die Hauptkommissarin rührte sich Zucker in den Kaffee. Auf dem Tisch stand ein romantischer, geschmackvoller Herbststrauß, der einen Kontrast zum kühlen Ambiente der Küche bildete.

»Wie hübsch«, sagte Carola Karberg und deutete auf die Blumen.

»Von Herrn Hansen.« Melanie lächelte. »Wenn der Mann ein bisschen attraktiver wäre, würden die Frauen scharenweise hinter ihm her sein. Er ist ein so sanftmütiger, hilfsbereiter und freundlicher Mensch. «

»Ach, wissen Sie, Frau Goldbek, Sixpacks kann man sich antrainieren«, sagte Carola Karberg, ohne lange zu überlegen, »aber einen guten Charakter hat einer oder er hat ihn nicht.«

Draußen trieb Tristan mit einem kräftigen Schlag sein Ross an. Stig-Sebastian beeilte sich, schneller zu werden.

»Also, ein modischer Haarschnitt und etwas trendigere Klamotten würden schon etwas bringen«, grübelte Melanie vor sich hin.

»Sie sind doch vom Fach als Maskenbildnerin, Frau Goldbek. Ist Herr Hansen keine Herausforderung für Sie?« Carola Karbergs Handy klingelte. Sie zog es aus der Hosentasche. Melanie Goldbek verfolgte es mit träumerischem Blick.

»Doktor Kolbe. Ja, ich erinnere mich. Was gibt es?«, sagte die Hauptkommissarin ins Handy.

Froh, dem häuslichen Stress zu entfliehen, kehrte Lars Thede ins Büro zurück. Ein intensives Wochenende mit seiner süßen, manchmal etwas eigensinnigen Tochter Marie lag hinter ihm.

Dabei hatte alles so gut begonnen: Freitagabend jubelten seine beiden Frauen, als er pünktlich von der Arbeit heimkam. Er brachte sein Töchterchen ins Bett, schaute mit ihr bunte Pappbilderbücher an, sang ihr immer wieder »Wer hat die schönsten Schäfchen« vor, weil sie es so liebte, und schließlich streichelte er ihr über das flaumige Haar, bis sie einschlief. Danach hatte er mit seiner Frau Eva noch ein Fläschchen Rotwein geleert und im Kerzenschein ein bisschen gekuschelt.

Schön war das gewesen!

Am Sonnabend war Eva, die schon seit längerem darüber klagte, keine modischen Klamotten mehr zu besitzen, zu einer Einkaufstour mit einer Freundin aufgebrochen. Er hatte den beiden noch viel Spaß dabei gewünscht, erinnerte er sich. Erst gegen Abend war seine Frau, erschöpft und mit Tüten bepackt, wieder zu Hause aufgetaucht. Allerdings nur, um sich nach dem Umziehen erneut von Mann und Kind zu verabschieden. Sie und ihre Freundin wollten den Tag mit einem Kinobesuch ausklingen lassen. Und das, obwohl er sich auf weitere gemütliche Stunden mit seiner Frau gefreut hatte! Doch er murrte nicht, sondern brachte auch an diesem Abend Mariechen ins Bett.

Am Sonntag überfielen die Eltern seiner Frau die Thedes schon im Morgengrauen. Als eingefleischte Frühaufsteher hatten die Schwiegereltern beschlossen, noch vor dem Frühstück in die Heide zu fahren und dort den sonnigen Herbsttag gemeinsam mit Kindern und Kindeskind zu genießen. Es lief darauf hinaus, dass Eva die ganze Zeit mit ihrer Mutter quatschte, während der Schwiegervater stets einen Sicherheitsabstand zu Marie wahrte und vorauseilte. Da sich Mariechen mit ohrenbetäubendem Gebrüll weigerte, in den Buggy einzusteigen, blieb es an Lars Thede hängen, sich dem Trödeltempo seiner Tochter anzupassen. Gegen Mittag tauchte seine schicke Schwägerin mit neuem Freund auf. Begeistert stürzten sich die Kinderlosen auf Mariechen. Etwa eine halbe Stunde lang.

Dann entschwand das Paar im offenen Cabrio mit den abschließenden Worten: »Wenn wir uns stundenlang mit Kindern beschäftigen wollten, könnten wir uns auch selbst welche anschaffen.«

Nach dem Kaffeetrinken schuf der Schwiegervater klare Fronten, indem er seiner Gattin die Enkelin in die Arme drückte und Lars zu sich auf die Parkbank beorderte.

Diese jovial abgesonderten Weisheiten!

Eine Ausbildungsversicherung für Marie müsse schleunigst abgeschlossen werden, hatte der Schwiegervater gemeint. Denn wisse man, was die Zukunft bringen mochte? Und bei der Finanzierung eines Reihenhäuschens am Stadtrand würde man die jungen Leute gerne unterstützen, damit die Enkelin – und die anderen kleinen Thede-Bambini, die wohl hoffentlich noch folgen würden – in einem sicheren sozialen Umfeld im Grünen aufwachsen könnten.

Lars war zu müde gewesen, um sich zu wehren.

Was wusste ein pensionierter Diplom-Verwaltungswirt wie sein Schwiegervater schon von menschlichen Abgründen und von den Dramen, die sich auch in ganz normalen Kreisen täglich abspielen? Niemand war gegen die plötzlichen Wendungen gefeit, die das Leben bereithielt.

Selbst ein erstklassig versicherter Biedermann nicht.

*

»Müde siehst du aus«, bemerkte Carola Karberg, als sie das Büro betrat.

»Gibt's Neuigkeiten?«, fragte Thede.

»Lars, wir haben den richtigen Riecher gehabt«, sagte sie zufrieden. »Silke Drösel hat Arne Goldbek auf dem Gewissen. Sie hat die Tat gestanden.«

Er pfiff durch die Zähne. »Warum hat sie es getan?«

»Aus unbändigem Jähzorn.« Carola Karberg setzte sich. »Weil sie verschmäht wurde. Weil Goldbek ein Saukerl war. Weil sich eine Gelegenheit dazu bot, es ihm heimzuzahlen.« Sie sah, wie Thede an ihren Lippen hing und fuhr fort: »Kurz vor seinem Tod versucht Arne Goldbek, seine Geliebte abzuservieren. In dieser Hinsicht ist die Drösel ein gebranntes Kind. Zu viele Enttäuschungen mit Männern. So einfach will sie sich dieses Mal nicht abspeisen lassen. Ihr cholerisches Temperament und Arne Goldbeks Art, Menschen herabzuwürdigen, treiben sie zur Tat.«

»Eine Affekthandlung?«

»Goldbek lag benommen und mit einer Kopfverletzung am Kanalufer, als die Drösel ihn fand. Wir können davon ausgehen, dass er zuvor tatsächlich im Beisein seiner Frau am Kanal gestürzt ist. Statt ihrem bewusstlosen Mann zu helfen, ist Melanie Goldbek einfach abgehauen.«

»Dann wird Melanie Goldbek auch nicht so einfach aus der Nummer herauskommen. Unterlassene Hilfeleistung«, sagte Lars Thede.

Die Hauptkommissarin nickte. »Auf dem Weg zum Bahnhof ist ihr jedenfalls Stig-Sebastian Hansen über den Weg gelaufen ...«

»Aber Hansen hat doch behauptet, er habe Silke Drösel dort gesehen«, hakte Thede ein. »Hat er die beiden miteinander verwechselt, oder was?«

»Er hat uns angelogen, um Melanie Goldbek zu schützen«, sagte Carola Karberg. »Tatsächlich, so behauptet er jedenfalls, hat er sich an dem regnerischen Abend überhaupt keine Gedanken darüber gemacht, was Melanie dort suchte. Er war zwar beleidigt, weil Melanie ihn nicht beachtete, aber bei dem Schmuddelwetter hatte es jeder eilig und außerdem ...«

»... so ist er es ja von seinen Mitmenschen gewohnt. Dass sie ihn übersehen, meine ich«, sagte Thede.

»Genau. Erst am nächsten Morgen, als bekannt wurde, dass Arne Goldbeks Leiche im Kanal gefunden worden war, hat Hansen sich etwas dabei gedacht. Er setzte sich mit Melanie Goldbek in Verbindung. Sie beteuerte, ihren Mann nicht getötet zu haben. Hansen hat ihr geglaubt und sie zu beschützen versucht.«

»Da war schon Liebe im Spiel, was?«

»Wahrscheinlich«, stimmte Carola Karberg zu. »Gemeinsam haben Melanie und er versucht, uns auf die Fährte zu bringen. Außerdem haben sie Arnes Mutter gegen Silke Drösel aufgehetzt.«

»Ilsa Schott. Na, klar. Die hat sich dann gerächt, nach dem Motto ›Eine Mutter sieht Rot‹.« Thede schüttelte missbilligend den Kopf. »Verdammte Selbstjustiz.«

»Jedenfalls lagen Hansen und Melanie mit ihrer Vermutung ganz richtig: Silke wartet im Bistro auf ihren Geliebten. Er taucht dort aber nicht auf. Stattdessen erhält sie eine niederträchtige SMS von ihm. Außer sich vor Wut eilt sie zur Versicherung. Am Kanal findet sie ihn verletzt auf. Er erlangt gerade wieder das Bewusstsein, sieht sie und pflaumt sie an ...«

»Was hat er gesagt?«

»Das verschweigt Silke. Noch. Auf jeden Fall rastet sie aus ...«

»Hört sich mehr nach Totschlag an als nach Mord.«

»Ich weiß es nicht. Immerhin ist sie kaltblütig genug gewesen, Goldbeks Handy verschwinden zu lassen. Wie auch immer: Silke Drösel hat nicht nur Arne Goldbeks

Leben, sondern auch ihre eigene beschauliche Existenz als Lehrerin zerstört:«

Lars Thede widersprach. »Was heißt schon beschaulich? Was wissen schließlich wir? Kinder können einen auch Nerven kosten, Carola. Und Silke Drösels Privatleben scheint ja nicht unkompliziert gewesen zu sein.«

»Pass mal auf, die Geschichte geht noch weiter.«

Carola Karberg berichtete von dem Drama, das sich im Haus des Arztes Dr. Kolbe abgespielt hatte: Paula Adam lag verletzt im Krankenhaus, sie würde sich von ihrem Schädel-Hirn-Trauma erholen. Die Frau des Arztes, Marieluise Kolbe, war noch in der Nacht zum Sonntag im Krankenhaus einem Herzanfall erlegen.

»Der Doktor bat mich, in sein Haus zu kommen, er sagte, er werde erpresst. Er war ziemlich neben der Spur und faselte wirren Kram. Ich habe ihm gesagt, er solle sich erst einmal fassen und uns so bald wie möglich in Ruhe alles genau erzählen. Natürlich habe ich die Kollegen vor Ort zu Doktor Kolbe geschickt. Die haben Silke Drösel in inniger Umarmung mit Winfried Poppinga in einem Kellerraum des Hauses gefunden, und Silke Drösel hat dann ausgepackt.«

Vier Wochen später:

Wie kann man nur in so einem ungemütlichen Monat wie November heiraten, dachte Paula. Sie wartete zusammen mit Jaroslaw und Dr. Kolbe vor der Tür des Trauzimmers im Lüneburger *Heinrich-Heine-Haus*, in dem sich Poppingas russlanddeutsche Putzkraft Valentina und ihr Alexander in diesem Augenblick das Jawort gaben. Der historische Saal war brechend voll mit Angehörigen und Freunden des Brautpaars, so dass sich Paula und die beiden Männer nicht mehr hatten hineinzwängen mögen.

Paula warf einen Blick nach draußen. Wie feiner Haarspraynebel überzog feuchte Luft die alte Salinenstadt. Ein Schleier so weiß wie das Salz, das Lüneburg im Mittelalter reich gemacht hatte.

»Was für ein tristes Hochzeitswetter«, konstatierte sie.

»Deprimierend«, pflichtete ihr Hanspeter Kolbe bei.

Der Doktor sah braungebrannt und gut erholt aus. Erst gestern war er aus dem angenehm temperierten Mallorca ins kalte Lüneburg zurückgekehrt.

»Ich bin schon oft in Russland gewesen. Im November ist es da auch nicht besser als hier«, sagte Jaroslaw.

Paula und Dr. Kolbe nickten zustimmend.

»Ich habe mich entschieden, meine Praxis zu schließen und nach Palma überzusiedeln. Das Reihenhaus wird verkauft«, verriet der Doktor.

»Ein Rentnerdasein! Wie herrlich«, schwärmte Jaroslaw.

»Ganz so ist es nicht«, widersprach Dr. Kolbe. »Ich werde deutsche Residenten privat behandeln. Eine schöne Wohnung in Palma habe ich bereits gefunden. Sie müssen mich dort unbedingt mal besuchen kommen.«

»Sehr gerne«, sagte Jaroslaw.

Paula runzelte die Stirn. Noch immer war sie misstrauisch. Wer außer Doktor Kolbe sollte den Schmuck aus der Schatulle eingesackt haben?

Als sie wegen der Kopfverletzung im Krankenhaus gelegen hatte, war sie von Dr. Kolbe jeden Tag besucht worden. Er hatte zerknirschter darüber gewirkt, dass Paula durch seine Frau zu Schaden gekommen war, als sich über den Verlust von Marieluise zu grämen. Nagte das schlechte Gewissen an ihm?

Doch auch Paula spürte Unbehagen, wenn sie an den gründlich missratenen Erpressungsversuch dachte. Der Arzt hatte das Thema seither mit keiner Silbe erwähnt.

»Waren Sie inzwischen bei der Kripo, Doktor?«, fragte sie vorsichtig. »Ich meine, wegen unseres Besuchs bei Ihnen ...«

»Was denken Sie denn von mir!« Dr. Kolbe klang ein bisschen beleidigt. »Sollen die Kripoleute mich ruhig für einen senilen Dussel halten.« Er griff nach ihrer Hand. »Paula, Sie haben schon genug gelitten. Ihre Nichte sitzt im Gefängnis. Mit Winfried habe ich mich ausgesöhnt. Ich sehne mich nach Frieden und möchte nicht nachtragend sein.«

»Und was ist mit der Poppinga-Villa, die Sie erben sollen?« Mit einem Seitenblick auf Jaroslaw entzog sie dem Arzt ihre Hand. »Gibt es Neuigkeiten von Winfried Poppinga, Doktor?«

»Famoser Junge, dieser Winfried. Ich habe es immer gewusst.« Der Doktor lächelte fein. »Um lange Erbstreitigkeiten zu vermeiden, haben wir uns gütlich geeinigt. Winfried zahlt mir ein gewisses Sümmchen ...«

»Nicht zu knapp, was, Herr Doktor?«, grinste Jaroslaw.

»... und dann kann er mit dem ganzen Kram machen, was er will.«

»Ich habe gehört, er hat seine Werbeagentur in London verkauft«, sagte Paula.

»Das ist möglich«, meinte Doktor Kolbe.

»Helene! Komm zu uns!« Jaroslaw winkte Helene

Raiser zu sich, die sich mit schwerfälligen Schritten zu der kleinen Runde gesellte.

»Helene Raiser ist unser guter Engel«, verkündete Jaroslaw. »Sie hat mich in Rio angerufen und über Paulas Zustand informiert. Ich bin sofort zurück nach Deutschland geflogen. Wenn man einer wunderbaren Frau wie Paula begegnet ist, darf man sie nie mehr fortlassen!«

»Er ist so ein Romantiker«, erklärte Paula mit stolzem Blick.

»Wo die Liebe hinfällt«, sagte Helene Raiser.

Die Tür zum Trauzimmer öffnete sich. Das junge Brautpaar erschien strahlend. Valentina hielt einen Brautstrauß mit roten Rosen in der einen Hand, ein weißes Salzsäckchen als Erinnerungsgeschenk vom Standesbeamten in der anderen. Sie trug ein gut sitzendes, weißes Spitzenkleid. Die Haare waren in prächtige Locken gedreht und ihre großporige Haut wurde von einem guten Make-up verdeckt. Sogar Valentinas kleiner Silberblick wirkte heute niedlich. Sie sah hübsch aus und vor allen Dingen zauberhaft jung, dachte Paula gerührt. Hinter dem Paar strömten die anderen Gäste mit Jubelrufen aus dem Trauzimmer. Luftschlangen wurden hochgeworfen, ein Blitzlichtgewitter flammte auf, Sektkorken knallten. Paula und die anderen waren schnell in einer Traube von Gratulanten gefangen. Angeregt durch das junge Glück, begann Jaroslaw an Paulas Ohr zu knabbern.

»Paula wird auch bald eine Braut sein«, verkündete er.

»Na, wir werden sehen«, bremste Paula ihn sanft. »Jaro will mich unbedingt heiraten. Aber ich bin ein gebranntes Kind. Es wäre doch schon meine dritte Ehe.«

»Aller guten Dinge sind drei«, sagte der Doktor.

Auf dem Flur bahnte sich ein junger Mann mit einem Tablett, auf dem er einen rotwangigen Apfel balancierte, den Weg zum Brautpaar.

»Es ist eine russische Sitte«, erklärte er. »Wer von den

beiden dann das größere Stück abgebissen hat, wird in der Ehe die Hosen anhaben. So sagt man.«

Während die Brautleute mit ihren Nasen aneinander stießen, die weißen Zähne ins Fruchtfleisch krachen ließen und lachend die Apfelstückchen aus ihren Gebissen pflückten, dann die Größe der Happen miteinander verglichen und sie schließlich wie Trophäen in die Runde zeigten, blieb Paulas Blick wie gebannt am Revers der Kostümjacke der Braut haften.

Die Löwenkopfbrosche!

Paula schluckte schwer.

Wieso Valentina?

Was hatte der alte Bock Rudolph Poppinga dafür von dem Mädchen verlangt? Oder war Valentina vielleicht eine Diebin? Hatte sie den Schmuck aus der Schatulle geklaut? Konnte sie sich deshalb eine Hochzeit in Saus und Braus – auf der Straße wartete bereits ein festlich geschmückter Rolls-Royce auf das frisch vermählte Paar – leisten?

»Paula, was ist mir dir?«, fragte Jaroslaw besorgt.

Etwas benommen von der faustschlagartigen Wucht ihrer Entdeckung sah sie ihn an.

»Ach, nichts, mein Liebster«, sagte Paula und berührte den Bernsteinanhänger, den sie an einer Goldkette um den Hals trug.

Sie sollte zufrieden sein mit dem, was sie hatte, ermahnte sie sich. Immerhin, sie lebte noch.

Die Folgen des Schlags auf ihren Hinterkopf waren glimpflich gewesen, aber die Sache hätte auch tödlich ausgehen können. Jaroslaw hatte ihr beigestanden, als sie sich von der Schädelverletzung erholen musste. Paula wusste, sie konnte sich glücklich schätzen, einen Mann gefunden zu haben, der mit ihr zusammen sein wollte – in guten und in schlechten Zeiten. Das war mehr wert als alle Juwelen dieser Welt.

Oder nicht?

Alle Gäste beglückwünschten und umarmten das Brautpaar. Als Paula an der Reihe war, raunte sie Valentina zu: »Wo hast du die Löwenbrosche her?«

»Ein Dankeschön von Herrn Poppinga. Gott sei seiner Seele gnädig. Ich habe einen kleinen Koffer für ihn nach Norderney gebracht, vor ein paar Wochen.«

»Zu Ilsa Schott?«

»Heißt sie so? Zusammen mit Alex bin ich los, es war herrlich. Am Strand hat er mir den Heiratsantrag gemacht, weißt du!«

Valentina wandte sich strahlend dem nächsten Gratulanten zu, der schon ungeduldig darauf wartete, die Braut zu herzen.

Paula hielt nach Dr. Kolbe Ausschau. Neben dem Arzt stand Helene Raiser. Sie hatte sich bei ihm untergehakt. Paula bahnte sich einen Weg zu den beiden.

»Haben Sie etwas von Ilsa Schott gehört, Dr. Kolbe?«, fragte Paula.

»Ilsa befindet sich momentan in einer Entzugsklinik. Sie wissen doch, der Suff. Wahrscheinlich wird sie für die Messerattacke auf Silke eine Bewährungsstrafe erhalten. Der Prozess beginnt im Frühjahr.«

»Haben Sie Ilsa Schott auch schon nach Mallorca eingeladen, Hanspeter?«, fragte Helene Raiser eifersüchtig. »Dann komme ich nämlich nicht.«

Doktor Kolbe lächelte still vor sich hin.

»Mein Gott, Helene, sei doch nicht kindisch«, zischte Paula.

»Du hast gut reden, Paula. Du hast jetzt Jaro«, sagte Helene und zog einen Flunsch.

*

In der Küche im Einfamilienhaus der Goldbeks küsste ein sichtlich abgespeckter Stig-Sebastian Hansen die Witwe Melanie Goldbek. Tristan Goldbek beobachtete es durchs Schlüsselloch. Immerzu schlabberten sich die Erwachsenen ab, dachte der Junge verständnislos. Was daran wohl so toll war? Tristan war froh, dass Stig, der ansonsten ein ganz cooler Spielkamerad war, nicht bei ihm auf solche Ideen kam.

Das mit dem Mittagessen konnte wohl noch dauern – es gab mal wieder Fisch, den Stig von einer seiner Angeltouren mitgebracht hatte. Und so streifte Tristan zum Wohnzimmer und nahm sich einen Schokoriegel aus der Schublade mit den Naschsachen. Da er dünn wie ein Hering war und jetzt außerdem noch ein halbes Waisenkind, durfte er sich selbstständig aus der Schublade mit den Süßigkeiten bedienen. Er musste nur aufpassen, nicht die zuckerfreien Früchteriegel zu erwischen, die neuerdings für Stig dort eingelagert waren.

Während er das Papier abriss, stromerte Tristan in den Flur zurück. Aus der Küche kamen komische Laute. Das mochte sich doch kein Mensch anhören! Tristan stapfte die Treppenstufen hinauf bis zum Spielparadies unter dem Dach. Er kickte gegen den Kinderboxsack, den sein Vater für ihn aufgehängt hatte, damit aus Tristan ein starker Junge würde, der sich wehren konnte. Dann gab er dem blauen Schaumstofffußball einen Stoß und schoss ihn in das Minitor am anderen Ende des Dachzimmers. Oberes linkes Eck. Volltreffer. Sein Blick streifte das Piratenschiff aus Legosteinen, das er mit seinem Vater an einem verregneten Sonntag im Sommer zusammengebaut hatte. Tristan wurde traurig. Er vermisste seinen Vater.

Bloß nicht wieder losheulen!

Es half, sich auf Dinge zu konzentrieren, die gut waren. Auf das Fußballtraining am Nachmittag oder auf den coolen Zeichentrickfilm, den seine Mutter aus der Videothek mitgebracht hatte, und den sie am Wochenende gemeinsam anschauen wollten – nur sie beide. Ohne Stig.

Und dann fiel Tristan der Schatz wieder ein.

Mit frischer Energie schob er eine große Plastik-Box, bis zum Rand gefüllt mit Tausenden von Legosteinen, zur Seite. Dann fingerte er an einem Dielenbrett herum. Es war lose. Das war nur eines von vielen Geheimnissen zwischen ihm und seinem Vater gewesen.

Am Sonntag, bevor er gestorben war, hatte der Vater den Goldschatz aus Norderney von Oma Ilsa mitgebracht.

»Mama braucht davon nichts zu wissen, Bubi«, hatte er gemeint. »Es ist auch nur für ein paar Tage, dann bringe ich die Klunker in einen Banktresor.«

»Ist das ein Geldspeicher so wie bei Dagobert Duck?«

»Genau. Damit kein Panzerknacker dieser Welt an unseren Schatz kommen kann.«

Aus dem Hohlraum unter der alten Holzdiele zog Tristan das dunkelblaue Säckchen aus Samt hervor. Er löste die Schnüre und drehte den Sack mit der Öffnung nach unten.

Der Goldschatz purzelte auf den Dielenboden.

*

Silke starrte durch das vergitterte Zellenfenster hinaus in den leeren Gefängnishof. Die Freilassung auf Kaution bis zur Verhandlung war ihr verweigert worden. Man habe Angst, sie könne sich etwas antun, hatte ihr Verteidiger gesagt.

Noch immer kein Brief von Winfried Poppinga – seit vier Wochen nicht eine Nachricht von ihm. Verräter!

Wütend schlug sie mit der geballten Faust gegen das lindgrün gestrichene Mauerwerk – ein wahrlich scheußlicher Farbton, der vermutlich beruhigend auf die Insassen wirken sollte.

Den Schmerz zu spüren, ihm immer wieder Nahrung zu geben, war wichtig.

Als Silke sich nach ihrer Beichte in Doktor Kolbes Kellerraum die Tabletten einwerfen wollte, um ihrem verpfuschten Leben ein Ende zu setzen, hatte Winfried sie daran gehindert. Der Totschlag von Arne Goldbek – das sei doch eine Handlung im Affekt gewesen, hatte er argumentiert, dazu die Tat einer unbescholtenen Bürgerin. So etwas könne doch nicht zu hart geahndet werden.

»Aber was ist danach, Winfried?«, hatte sie geflüstert. »Ich habe doch keine Zukunft mehr.«

»Ich werde mich um dich kümmern.«

»Du wirst an meiner Seite sein? Versprich es mir!«

Er hatte es geschworen.

*

»Danke«, sagte Winfried Poppinga zur Flugbegleiterin, die ihm freundlich ein Glas stilles Wasser reichte und dann mit ihrem Wägelchen ein Stückchen weiter rollte. Er warf einen prüfenden Blick auf das Glas – gut gespült! – und trank einen Schluck. Dann streckte er seine langen Beine genüsslich aus und legte beide Ellenbogen auf die dafür vorgesehenen Sessellehnen. Die Business Class bot genug Platz, um sich wohlzufühlen. Komfort ganz nach seinem Geschmack. Er brauchte nichts Hochgestochenes und keinen übertriebenen Luxus, aber eine gewisse Bequemlichkeit war unverzichtbar für sein Wohlbefinden, ebenso wie das unvergleichlich befriedigende Gefühl finanzieller Absicherung.

»Prost«, sagte Katrin Großkötter, die in angenehmer Entfernung neben ihm am Fensterplatz saß und sich ein Gläschen Prosecco gönnte. »Auf eine rosige Zukunft.«

Es war gut, ausgerechnet Katrin Großkötter an seiner Seite zu wissen, die einzige Frau auf der Welt, der Winfried Poppinga voll und ganz vertraute. Sie hatte Radji erst einmal in London gelassen und war bereit, eine Wochenendbeziehung mit ihrem Verlobten zu führen, um mit Winfried gemeinsam in Hamburg eine PR-Agentur namens »WINPOP und Partner« aufzubauen.

Die Dinge waren wieder ins Lot gekommen.

Die Obduktion der Leiche seines Vaters hatte einen natürlichen Herztod ergeben. Was auch sonst? Um jahrelangen juristischen Auseinandersetzungen aus dem Wege zu gehen, hatte Winfried mit Doktor Kolbe eine Einigung über Rudolphs Erbe erzielt, die für beide Seiten befriedigend war. Die Übernahme der Londoner Werbeagentur durch Edwina und ihren zukünftiger Mann hatte ihm dafür den nötigen finanziellen Spielraum verschafft. Außerdem …

»Cheers, meine liebe Glücksfee«, sagte Winfried.

Sie stießen mit ihren Gläsern an und küssten sich dann freundschaftlich.

Winfried verdankte Katrin seinen neuen Reichtum. Ein Gesellschaftsspiel, das sie besaß, hatte Katrin auf die Idee gebracht, Emilies Schmuckschatulle genauer zu inspizieren. Bei dem Spiel *Meisterdiebe* stand eine Schmuckschatulle mit Schubladen und Geheimfächern im Mittelpunkt, aus denen die Spieler Edelsteine plündern sollen.

Tatsächlich waren Katrin und Winfried fündig geworden. Sie hatten unter dem Samt von Emilies Kästchen einen doppelten Boden entdeckt, in dem sich in Stoff und Watte eingenähte lupenreine Diamanten befanden.

Ob sein Vater Kenntnis von dem Versteck gehabt hatte? Wohl kaum, spekulierte Winfried. Vielleicht waren die edlen Steine vom Großvater verborgen worden, von dem Winfried annahm, er habe die Diamanten aus Namibia nach Deutschland gebracht. Konnte es sein, dass Emilie Poppinga, die geschickt mit Nadel und Faden umgegangen war, die Zweikaräter eingenäht hatte?

»Ich frage mich immer wieder, wieso meine Mutter mir niemals etwas von dem Versteck erzählt hat«, sagte er zu Katrin.

»Von Doktor Kolbe hast du doch erfahren, dass sie

wegen ihrer Depressionen Selbstmord begangen hat. Wahrscheinlich hat sie sich keine Gedanken mehr um irdische Besitztümer gemacht. Oder sie wusste selbst nichts davon«, mutmaßte Katrin.

»Kann sein.« Er fand sich langsam damit ab, das Rätsel um den geheimen Schatz nicht lösen zu können. Letztlich war das alles Schnee von gestern, sagte er sich.

Was zählte, war die Zukunft.

Nur seltsam, dass er dieses Gefühl nicht loswurde, als könne die Vergangenheit jedermann jederzeit einholen, egal, wie sehr man sich auch in Sicherheit wiegte, wie stark das Bestreben war, ein besserer Mensch zu werden oder in welchem Winkel der Welt man unterschlüpfte.

Bis zum letzten Tage des Seins.

Ende

Danke

an Regula Venske, die den entscheidenden Anstoß zu diesem Buch gab, für ihre Unterstützung und Ermutigung. Danke an meine scharfsichtigen und scharfsinnigen Testleser Alexandra, Antje, Marina, Philipp und Torsten, an die Mitstreiter vom *Mörderklüngel*, an Maeve Carels und an meine wunderbare Familie.

KLAUDIA JESKE

wurde 1964 in Hamburg geboren und wuchs in Norddeutschland auf. Berufliche Stationen waren u. a. die Banken- und die Werbebranche sowie der Journalismus. Heute lebt sie als freie Autorin mit ihrer Familie im Hamburger Speckgürtel. Die Idee zum ersten Krimi *Erben ist menschlich* entstand während eines Schreibkurses unter der Leitung von Regula Venske.
Klaudia Jeske ist Mitglied der Hamburger Autorengruppe *Mörderklüngel* und bei den *Mörderischen Schwestern.*
Im Leda-Verlag veröffentlicht wurde ihre Kurzgeschichte *Ich schaffe Weihnachten* in der Anthologie *Gepfefferte Weihnachten oder: Wer hat die Gans gekillt?*
Weitere Projekte sind in Planung.

Venske/ Gerdes (Hrsg):
Gepfefferte Weihnachten Krimis & Rezepte
978-3-939689-38-6
9,90 Euro

H. & P. Gerdes (Hrsg):
Friesisches Mordkompott Süßer Nachschlag
978-3-939689-21-8
9,90 Euro

H. & P. Gerdes (Hrsg):
Friesisches Mordkompott Herber Nachschlag
978-3-939689-20-1
9,90 Euro

Gundula Thors
Köhlbrand sehen und sterben
978-3-939689-61-4
9,90 Euro

H. & P. Gerdes (Hrsg):
Mordkompott Meerumschlungen
978-3-939689-68-3
9,90 Euro

Sabine Prilop
Das Mühlengrab Heidekrimi
978-939689-10-2
8,90 Euro

Böker/Vollbrecht
Berits
Bild
Schleswig-Holstein
978-3-939689-70-6
9,90 Euro

Ab.&B. Sieberichs
Mord am Fjord
Die Perle der Schlei
Schleswig-Holstein
978-3-939689-69-0
9,90 Euro

Andreas Schmidt
Tod mit
Meerblick
Schleswig-Holstein
978-3-939689-67-6
9,90 Euro

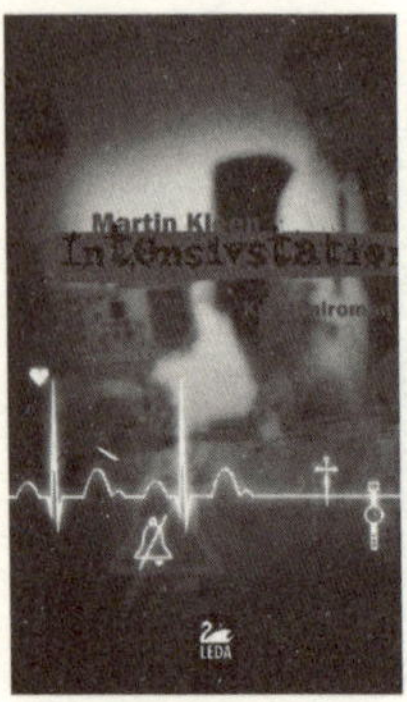

Martin Kleen:
Intensivstation
Kriminalroman
978-3-939689-57-7
9,90 Euro

Kerstin Körte
Dass ich dich besser
fressen kann
978-3-939689-37-9
8,90 Euro

Regula Venske
Bankraub mit
Möwenschiss
978-939689-18-8
8,90 Euro

Tatjana Kruse
Nur ein toter Maler ist ein guter Maler
Inselkrimi – Norderney
978-3-939689-26-3
8,90 Euro

Tatjana Kruse
Wie klaut man eine Insel?
Inselkrimi – Borkum
978-3-934927-96-4
176 S.; 8,90 Euro

Maeve Carels
Zur ewigen Erinnerung
Frieslandkrimi
978-3-939689-08-9
9,90 Euro

Lothar Englert
Friesische Freiheit
Historischer Roman
978-3-934927-55-3
15,90 Euro

W. W. Domsky
Ehre, wem Ehre ...
Kriminalroman
978-3-939689-33-1
9,90 Euro

Manfred C. Schmidt
Gut Schuss
Ostfrieslandkrimi
978-3-939689-39-3
256 S.; 9,90 Euro

Ulrike Barow
Baltrumer Dünengrab
Inselkrimi
978-3-939689-62-1
9,90 Euro

Lars Winter
Blonder Mond
Ostfrieslandkrimi
978-3-939689-59-1
10,90 Euro

Ulrich Hefner
Das Lächeln der toten Augen
Frieslandkrimi
978-3-939689-17-1
9,90 Euro

Regine Kölpin
Muschelgrab
Inselkrimi
978-3-939689-59-1
9,90 Euro

Angelika Stucke
Kaltmond
Historischer Krimi
978-3-939689-50-8
9,90 Euro

Peter Gerdes
Kurz und schmerzlos
Stahnke ermittelt
978-3-939689-65-2
9,90 Euro